现·代·音·乐 modern music 硕博文库

印度尼西亚巴厘《罗摩衍那》 舞剧的研究

韩 旭 ——— 著

中国出版集团　现代出版社

图书在版编目（CIP）数据

印度尼西亚巴厘《罗摩衍那》舞剧的研究 / 韩旭著．
北京 ： 现代出版社，2024.9. -- ISBN 978-7-5231
-1021-8

Ⅰ．Ⅰ351.072

中国国家版本馆CIP数据核字第2024HF9317号

印度尼西亚巴厘《罗摩衍那》舞剧的研究

作　　者：韩　旭

出 版 人：申作宏
选题策划：李木子
责任编辑：李木子
责任印制：贾子珍
出版发行：现代出版社
地　　址：北京市安定门外安华里504号
邮　　编：100011
电　　话：（010）64267325
传　　真：（010）64245264
网　　址：www.1980xd.com
印　　刷：北京建宏印刷有限公司
开　　本：787mm×1092mm　1/16
印　　张：8
字　　数：150千字
版　　次：2024年9月第1版　2024年9月第1次印刷
书　　号：ISBN 978-7-5231-1021-8
定　　价：98.00元

序

在浩瀚的文化海洋中，地处印度洋上的巴厘岛吸引了众多艺术研究者的目光。作为其文化艺术中的瑰宝，蜚声海内外的《罗摩衍那》舞剧无疑是巴厘岛最亮丽的名片，被公认是全人类共有的文化财富。韩旭博士的这部著作《印度尼西亚巴厘〈罗摩衍那〉舞剧的研究》，则是以一个"外国人"独特的视角进行深入探究、反复求证后的结晶。作者以其敏锐的学术洞察力和扎实的田野考察经验，研究、学习、亲身体验舞剧的表演形式、音乐特色、舞蹈风格等等，并与当地艺术家、教授、民间艺人深度交流，做了大量笔记，认真研习舞蹈动作的一招一式，所获信息弥足珍贵！

该著从文化认同、跨文化理解等多元视角出发，深入剖析了舞剧背后的文化意蕴和社会价值。在这部著作中，作者运用了多重音乐能力、舞蹈人类学等跨学科的研究方法，对巴厘《罗摩衍那》舞剧的配乐进行了细致入微的分析和总结。其中最为可贵之处是，该著揭示了音乐、舞蹈和戏剧在舞剧中的相互关系，并且是中国第一部引入印尼巴厘岛克卡尔谱的著作。这十分难得，想必作者是动了不少心思。同时，作者还深入探讨这部表演艺术作品与巴厘岛当地生活、宗教等方面的紧密联系。任何艺术的生命力一定会彰显其地区的独特性，有独特性才会显示出多样性，从而打破地区局限获得广泛认同感，在此基础上读者、广大爱好者才会被带入。所以，该著也体现了作者向旧有观念的挑战，她扩大了艺术视野，避免窠臼于音乐舞蹈本身的局限性。

此外，作者还从文化认同的角度，对巴厘《罗摩衍那》舞剧在流行文化冲击下依然能够灿烂绽放的原因进行了深度探讨。通过对文化认同理论的阐释以及舞剧文化认同的具体分析，不仅能够理解这一艺术形式在巴厘岛乃至整个印尼社会中的重要地位，而且也可以从中得到一些对于我们自身文化认同的启示。值得一提的是，在研究过程中，作者在深入剖析了《罗摩衍那》舞剧的艺术特色与文化内涵的同时，更是将其置于全球化的背景下进行思考。通过对比与借鉴其他地区的艺术形式与文化传统，我们得以更加全面、客观地认识到《罗摩衍那》舞剧的独特价值与意义。

最后，作者还非常用心地尝试探讨了中国舞剧与《罗摩衍那》舞剧之间的潜在联系与相互影响。通过对比两者的艺术风格与表现手法，或许能够找到一些共同的艺术规律与文化特质，进而为推动中国舞剧的创新与发展提供有益的借鉴与启示。

总而言之，《印度尼西亚巴厘〈罗摩衍那〉舞剧的研究》一书不仅是对这一独特艺术形式的深入剖析与全面解读，更是一次跨越文化的交流与对话。通过阅读本书，我们不仅能够领略到巴厘岛的文化魅力与艺术风采，更能够拓宽我们的文化视野与认知深度。相信在未来的日子里，随着对世界民族艺术研究的深入以及不同国家、地区文化交流的加强，会有更多像《罗摩衍那》舞剧这样的艺术瑰宝成为人类和平交流的纽带。

安 平

中央音乐学院音乐学系教授、博士生导师

2024 年 7 月 7 日于北京

目　录

前　言

一、研究范围与对象

印度尼西亚（以下简称"印尼"）作为沟通太平洋和印度洋的交通要道，横跨南北半球的使者，多种文化汇聚于此、碰撞于此，不仅有本土的原始文化保留，还有中国、日本、阿拉伯、印度等国家（地区）的文化传入，甚至荷兰、美国等西方文化也渗透其中，它们共同塑造出了当下多元的印尼文化。由于地理位置以及历史政治的影响，每个岛屿均呈现出不同的文化与宗教倾向，因此它们各自的舞蹈、音乐亦会体现出不一样的风格：爪哇岛是印尼的政治、经济和文化中心，其乐舞大多是为官廷（政治）服务的，因此较为含蓄、沉静、端庄；伊里安查亚岛与澳大利亚大陆相连，人种多为其土著后代，因此他们的乐舞大都充满了原始、野性之特征；苏门答腊岛受伊斯兰文化影响深远，因此他们的乐舞中阿拉伯色彩浓郁。在印尼如此众多的岛屿中，有一座著名的小岛——巴厘岛，这座岛屿承载了印尼约 80% 的游客。长期以来，它一直是冲浪者和潜水者向往的旅游胜地，但这些并不是岛上唯一的活动，因为该岛还拥有令人难以置信的考古遗址，例如成千上万的古老印度教寺庙。笔者将研究目光锁定在巴厘岛，并不是因为它的旅游热度高，而是因为它的文化艺术在印尼众多的文化中颇具独特性——巴厘岛是印尼现如今唯一一个以印度教为主要宗教信仰的地区。追根溯源："16 世纪，伊斯兰战胜了爪哇岛上的印度教，为此巴厘成为许多印度教贵族、僧侣和知识分子的逃避所。"[①]六百年前的动荡，也未改变巴厘人信仰的根基，非常有意思的是，被西方侵略者统治数百年的巴厘岛，至今仍遵循传统，保持风俗。

在巴厘人的世界观中，艺术、文化、宗教、生活等各方面都是紧密联系、合为一体的。在巴厘语中，没有与"Music（音乐）"的含义相对应的单词。因为"音

---

① 中国大百科全书出版社不列颠百科全书编辑部编译《不列颠百科全书（国际中文版）》（*Encyclopedia Britannica International Chinese Edition*），中国大百科全书出版社，1999，第 78 页。

乐”或“歌唱”这一类词都包含在舞蹈或表演的概念之中。例如，在民间戏剧《阿加》（Arja）中，“Masolah the king”这一标识性词组指的便是舞蹈、戏剧和唱歌合而为一的角色；“Pragina”一词也是指在娱乐节目中表现出色的歌手、演员兼舞者的通称[①]。由此可见，在巴厘人的世界观中，一提到“表演”，即为音乐、舞蹈、戏剧相结合的综合艺术形式。而作为综合表演艺术形式之一的巴厘舞剧，更是当地人民日常生活中不可或缺的一部分，每逢节日、庆典之时，当地的庙宇中都会有舞剧的表演。

　　巴厘的舞剧可分为广义和狭义两种：广义上的舞剧泛指一切以人体动作姿态来表现戏剧故事或心理世界的舞蹈戏剧形式（英语将其翻译为“Dance-Drama”[②]），比如面具舞（Wayang Wong）、托朋（Topeng）、甘布（Gambuh）等；狭义上的舞剧指的是专门用舞蹈来叙事，并经过艺术提炼的戏剧形式（印尼语称之为“Sendratari”）。本书的研究对象特指狭义的概念，即“舞剧”（Sendratari）[③]。第一部“舞剧”是1960年在爪哇的日惹地区，专门为印度教庙宇群普兰巴南（Prambanan）中的浮雕故事而创演的《罗摩衍那》，采用的是爪哇风格舞蹈与爪哇佳美兰演奏。1962年，这部爪哇《罗摩衍那》舞剧（Java Ramayana Sendratari）传到了巴厘后得到了迅速的发展，特别是1963年末和1964年初，巴厘舞剧（Bali Sendratari）如雨后春笋般兴起，大批巴厘的剧作家和音乐家为之创编剧本和音乐，并于1965年5月达到高潮，时至今日这些舞剧仍保持着超高的上演率。其剧目有来自巴厘本土的《贾亚普拉那（Jayaprana）》的故事、源自印度史诗《摩诃婆罗多（Mahabharata）》和《罗摩衍那（Ramayana）》的故事、源自中国的《梁山伯与祝英台（Sampik Ingtai）》的故事，甚至还有为印度尼西亚共产党历史创编的舞剧《党和国家万岁（Djajalah Partai dan Negeri）》，等等。而这其中最为著名、上演次数最为频繁、受众最广的舞剧剧目要数《罗摩衍那》。[④] 巴厘《罗摩衍那》舞剧（Bali Ramayana Sendratari）是将爪哇的《罗摩衍那》舞剧与巴厘传统戏剧风格相融合，并借鉴了现代舞蹈技术后的产物。可以说，巴厘《罗摩衍那》舞剧既传统又现代，既敬神又娱众，既有印度教文化的底蕴，又有巴厘本土文化的特色，是一部共时与历时相交叉的综合表演艺术。如今，巴厘《罗摩衍那》舞剧经常在巴厘艺术节中上演，受众极广，不仅有当地居民，还有众多外国游客，极具名气。

---

① Annette Sanger. "Music and Musicians，Dance and Dancers：Socio-Musical Interrelationships in Balinese Performance"，*Yearbook for Traditional Music*，Vol. 21（1989），pp.57-69.

② I Wayan Dibia，Rucina Ballinger. *Balinese dance*，*Drama*，*Music*，Tuttle Publishing，2004，p.96.

③ 有些文献中直接将其音译为“仙拉它里默剧”，但本书仍保留其意译——“舞剧”。

④ Jennifer Lindsay，Maya H.T. Liem. *Heirs to World Culture：Being Indonesian*，Brill，2012.

二、选题依据

（一）理论意义

在笔者目前掌握的中文资料中，涉及巴厘舞剧的文献微乎其微，对巴厘《罗摩衍那》舞剧的描述更是难以寻觅，在仅有的文献资料中大都只是概括总体特征或简单剧情介绍而已。由此，笔者将在前人关于巴厘舞剧已有研究的基础上，以巴厘《罗摩衍那》舞剧为研究对象，进行具体的音乐、舞蹈分析及它们与戏剧结合等方面进行阐述，以此管窥该舞剧中蕴含的文化观念。另外，《罗摩衍那》作为史诗，在印尼不仅被长期奉为伦理道德圭臬，更是人类文化的瑰宝，对南亚、东南亚都产生了直接或间接的影响，其中的智慧哲理蔓延至全世界。在21世纪"全球化"和"流行化"的大趋势之下，巴厘《罗摩衍那》舞剧作为一部既能保留传统又能与时俱进的史诗性剧目，在当今印尼的社会文化中占有一席之地。虽然爪哇地区也有《罗摩衍那》舞剧，但与巴厘相比，爪哇受到外来文化影响相对较小，名气也远不如巴厘的大。因此，对巴厘《罗摩衍那》舞剧的研究还是十分有必要且有意义的。

（二）现实意义

600多年前，郑和七下西洋的传奇之旅带动了中国和印尼两国经贸、文化的交往，600年后的今天我国又开启了"一带一路"倡议，作为"21世纪海上丝绸之路"的首倡之地，印尼这颗明珠在印度洋上闪烁着璀璨的光芒。为紧扣时代脉搏，笔者热切希望通过该篇为当前的"一带一路"沿线音乐文化研究添砖加瓦；还有一个现象值得注意：近些年巴厘的旅游热度越来越高涨，这不仅仅因其美丽的自然风光而吸引着众多游客前往，更重要的是其独特的文化艺术风俗所带来的无穷魅力。无论是国内旅行社还是当地旅行团所设置的产品内容，一定避免不了欣赏巴厘舞蹈或戏剧这样一个人文景观，因此笔者也希望通过对巴厘舞剧的研究，为我国传统文化旅游产业的保护与开发提供借鉴。

三、国内外研究现状

（一）中文

直接研究巴厘《罗摩衍那》舞剧的中文文献资料是没有的，所以笔者将搜索关键词扩展至巴厘舞剧（舞蹈）、巴厘佳美兰和《罗摩衍那》戏剧这三方面：

1.巴厘舞剧（舞蹈）

（1）书籍

笔者共搜集到涉及巴厘舞剧（舞蹈）的有效书籍共有五部，分别是《东方歌舞话芳菲》^①、《传统舞蹈与现代舞蹈》^②、《世界舞蹈史》^③、《东方舞蹈文化比较研究文集》^④以及
《中国世界舞蹈文化》^⑤。《东方舞蹈话芳菲》中的"巴厘古典舞蹈"部分对巴厘民间歌
舞的起源、成长过程和艺术特色均做了简要介绍，并着重对舞蹈的手势、造型进行了
详细的图解；《传统舞蹈与现代舞蹈》中的"千岛之国的'阿根姆'——印尼'巴厘'
古典舞蹈"一节也是对巴厘舞蹈基本造型进行了详细的解读；《世界舞蹈史》和《中
国世界舞蹈文化》两部著作中关于巴厘舞蹈的叙述比较相似，均概述了巴厘舞蹈的表
演动作特征，并对其中几种较著名的舞蹈进行了简单介绍，如《班耐舞》《列岗舞》
等。除此之外，《世界舞蹈史》还从历史的角度叙述了印尼舞蹈的发展历程，其中涉
及到中国古籍中有关于印尼舞蹈的种种记载；《东方舞蹈文化比较研究文集》是北京
舞蹈学院东方舞班学生的毕业论文集。论文集中将巴厘舞蹈与中国戏曲舞蹈的亮相及
眼神进行了比较，认为两者有很多的共同之处，值得后人去揣摩。

（2）文章

笔者共搜集到涉及巴厘舞剧（舞蹈）的有效文章共有两篇，分别是《论舞蹈
中"三道弯"的应用》^⑥和《巴厘戏剧》^⑦。前者主要介绍了舞蹈术语中"三道弯"的分
类——"律动三道弯"和"静止三道弯"，巴厘舞蹈属于"律动三道弯"；后者主要从
巴厘当地的音乐和舞蹈两个方面进行介绍，特别是舞蹈，将其作为巴厘戏剧的引入。
作者从不同种类的舞蹈介绍入手，后将其置身于巴厘戏剧中（因为巴厘戏剧均由舞蹈
呈示）进行叙述与解析。

2.巴厘佳美兰

（1）书籍

笔者共搜集到涉及巴厘佳美兰的有效书籍共有七部，分别是《东方音乐文化》^⑧、
《世界民族音乐》^⑨、《世界音乐地图》^⑩、《外国民族音乐》^⑪、《东南亚民族音乐》^⑫、《世界音

---

① 蒋士枚、于海燕：《东方歌舞话芳菲》，知识出版社，1984。
② 于平、冯双白、刘青戈、江东：《传统舞蹈与现代舞蹈》，北京舞蹈学院内部教材，1992。
③ 李穆文编著：《世界舞蹈史》，西北大学出版社，2006。
④ 明文军编著：《东方舞蹈文化比较研究文集》，上海音乐出版社，2004。
⑤ 刘晓真编著：《中国世界舞蹈文化》，时事出版社，2009。
⑥ 付明岩：《论舞蹈中"三道弯"的应用》，《戏剧之家（上半月）》2013年第4期，第47页。
⑦〔美〕米古尔·科瓦鲁比亚斯：《巴厘戏剧》，韩纪扬译，《上海戏剧学院学报》2001年第2期，第63—80页。
⑧ 俞人豪、陈自明：《东方音乐文化》，人民音乐出版社，1995。
⑨ 王耀华、王州：《世界民族音乐》，人民教育出版社，2004。
⑩ 陈自明：《世界音乐地图》，人民音乐出版社，2007。
⑪ 杜亚雄、陈景鹅编著：《外国民族音乐》，西泠印社出版社，2009。
⑫ 朱海鹰：《东南亚民族音乐》，云南大学出版社，2012。

乐教程·音响与乐谱课例》①、《巴厘岛音乐》②。除《巴厘岛音乐》是一部专著外，其余六部均为合集。《巴厘岛音乐》是美国著名学者利萨·戈尔德（Lisa Gold）所著，由于晓晶、郑隽逸翻译。该专著主要介绍了巴厘音乐合奏的传统，反映出巴厘岛社会组织合作的情况。作者通过大量在巴厘岛的田野调查，对巴厘岛传统音乐进行了分析，并将其与巴厘岛舞蹈、戏剧以及宗教交织在一起进行探索；《世界音乐教程·音响与乐谱课例》作为全国普通高等院校音乐专业系列教材，是由管建华等学者对英文版《世界音乐》翻译而来，并在此基础上进行了改造。该书由58个世界音乐课例组成，每个课例分为音乐类型介绍、学生问题和乐谱谱例三个部分，同时还附有相应的音频。在巴厘佳美兰部分，首先介绍了印尼巴厘岛整个文化背景，接着阐述了巴厘佳美兰的乐队构成和旋律结构，并以作品《响亮的打击乐器》（Tabuh Pisan）为例，将谱例与音响相对照着进行解读，让学生更加直观地感受巴厘佳美兰音乐的特征。其余四部世界民族音乐的合集，其中某些章节为巴厘佳美兰的论述，主要从乐器、音律和声音特点等方面进行了概括与总结。

（2）文章

笔者共搜集到涉及巴厘佳美兰的有效文章共有九篇，分别是《爪哇和巴厘岛的佳美兰音乐》③、《东南亚音乐文化：器乐重奏中的乐器和乐器功能》④、《巴厘岛甘美兰初体验》⑤、《根德尔哇扬在巴厘皮影戏中的音乐形态及社会功能》⑥、《浅谈印度尼西亚加美兰音乐地方样式的形成与发展》⑦、《巴厘音乐教育人类学考察》⑧、《浅析打击乐在不同地区甘美兰音乐的特点》⑨、《音乐习俗的模式同构——从印尼巴厘岛甘美兰音乐田野调查三个实例引发的思考》⑩、《迷恋佳美兰》⑪。其中《根德尔哇扬在巴厘皮影戏中的音乐形态及社会功能》是硕士学位论文，通过论述巴厘人宗教仪式生活中最高宗教等级的艺

---

① 〔英〕施祥生（Jonathan Stock）：《世界音乐教程·音响与乐谱课例》，管建华、杨静译，南京师范大出版社，2013。
② 〔美〕利萨·戈尔德：《巴厘岛音乐》，于晓晶、郑隽逸译，管建华审校，江苏凤凰教育出版社，2016。
③ 赵佳梓：《爪哇和巴厘岛的佳美兰音乐》，《艺术探索》1990年第1期，第71—76页。
④ 曹晓芳：《东南亚音乐文化：器乐重奏中的乐器和乐器功能》，《黄钟（武汉音乐学院学报）》2001年第1期，第103—106页。
⑤ 靖灿：《巴厘岛甘美兰初体验》，《人民音乐》2008年第3期，第54—56页。
⑥ 徐菲阳：《根德尔哇扬在巴厘皮影戏中的音乐形态及社会功能》，中央音乐学院硕士学位论文，2011。
⑦ 李芸：《浅谈印度尼西亚加美兰音乐地方样式的形成与发展》，《音乐天地》2011年第11期，第62—64页。
⑧ 郭天池：《巴厘音乐教育的人类学考察》，《中国音乐（季刊）》2013年第4期，第35—37页。
⑨ 温洁：《浅析打击乐在不同地区甘美兰音乐的特点》，《黄河之声》2013年第19期，第20—21页。
⑩ 李丽敏：《音乐习俗的模式同构——从印尼巴厘岛甘美兰音乐田野调查三个实例引发的思考》，《音乐艺术》2015年第2期，第146—154页。
⑪ 饶文心：《甘美兰的构成要素与表演原则》，《音乐研究》2002年第2期，第43—51页。

术——皮影戏以及伴奏乐队根德尔哇扬的介绍，对其音乐形态、社会功能、内在秩序等的分析，来探寻两者之间的相互关系。其余八篇文章，笔者将其分为两类：一为概述型文章，包括《爪哇和巴厘岛的佳美兰音乐》《巴厘岛甘美兰初体验》《巴厘音乐教育人类学考察》《浅析打击乐在不同地区甘美兰音乐的特点》《甘美兰的构成要素与表演原则》。这五篇主要概述了巴厘岛的文化特点、佳美兰乐器的独特编制和特殊的音乐形态等，它们均为介绍性的文章；二为研究型文章，包括《东南亚音乐文化：器乐重奏中的乐器和乐器功能》《浅谈印度尼西亚加美兰音乐地方样式的形成与发展》《音乐习俗的模式同构——从印尼巴厘岛甘美兰音乐田野调查三个实例引发的思考》。这三篇文章分别从巴厘佳美兰音乐的特色、巴厘音乐习俗的结构模式、巴厘佳美兰乐器的演奏和功能及形成原因等方面进行论述，均为研究巴厘音乐极为重要的中文资料。

　　3.《罗摩衍那》戏剧

　　我国对《罗摩衍那》的研究数量之多，但主要集中在文学、美学等领域，本书主要关注《罗摩衍那》舞剧（Sendratari），当然也会辐射到戏剧方面的研究。

　　（1）书籍

　　关于《罗摩衍那》的研究论著比比皆是，但与笔者课题有密切关联的有四部——《庆典》[1]、《南亚印度教文化》[2]、《印度的罗摩故事与东南亚文学》[3]、《人类非物质文化遗产代表作》[4]。其中，《庆典》《南亚印度教文化》和《人类非物质文化遗产代表作》这三部著作主要是对印度的《罗摩衍那》戏剧的解读，主要从历史演变、故事情节和表演方式等方面进行描述。《印度的罗摩故事与东南亚文学》对笔者的影响更为重要，它通过对印度和东南亚罗摩故事的文学、戏剧、雕刻和绘画等文本的分析和比较，试图探讨印度文本与东南亚各国文本，以及东南亚各国文本之间的相互影响关系，力求在深层次上展现印度文学和东南亚文学之间的内在联系。其中第六章第三节第二部分"印度尼西亚巴厘的罗摩舞剧和罗摩舞蹈"，详细介绍了巴厘岛有关于《罗摩衍那》的舞剧或舞蹈，它们的表演方式、故事情节以及与爪哇罗摩舞剧或舞蹈的区别等等。但该书毕竟是一部关于文学方面的著述，关于音乐、舞剧方面的叙述仅是停留在介绍层面。

　　（2）文章

　　关于《罗摩衍那》戏剧的研究性文章不计其数，其中与笔者论文有直接关系的文

① 〔美〕维克多·特纳（Victor Witter Turner）编《庆典》，方永德等译，上海文艺出版社，1993。
② 王树英：《南亚印度教与文化》，中央民族大学出版社，1999。
③ 张玉安、裴晓睿：《印度的罗摩故事与东南亚文学》，昆仑出版社，2005。
④ 邹启山主编：《人类非物质文化遗产代表作》，大象出版社，2006。

章仅有三篇——《〈罗摩衍那〉在东南亚的流传》①、《〈罗摩衍那〉的永恒道德价值——以印尼马来文本为分析案例》②和《巴厘戏剧的宗教内涵——以皮影戏、瓦扬翁为例》③。第一篇概述了《罗摩衍那》在东南亚一些国家的流传情况，其中谈到《罗摩衍那》在印度尼西亚的流传过程，从说唱到舞剧、皮影戏等更为综合的形式，使印尼和印度在艺术、文化上自然地汇于一体；第二篇是《印度的罗摩故事与东南亚文学》一书中部分内容的缩影，主要通过为印尼爪哇文本《格卡温罗摩衍那》、马来文本《罗摩圣传》的分析为例，揭示其中的道德内涵，并探讨了伦理道德发展的趋势和伦理道德教育对未来人类社会发展的意义；最后一篇是以巴厘岛的皮影戏和瓦扬翁为例，叙述了它们中间蕴含的印度教含义，以此来谈巴厘戏剧艺术中的独特性，即任何巴厘戏剧都离不开作为其宗教内涵来源的印度教泛神论——万物皆有灵。

（二）英文

在英文文献中，直接研究巴厘《罗摩衍那》舞剧也是没有的。根据中文文献搜索的分类，笔者搜集的英文文献关键词也分为三类，即巴厘舞剧（Bali Ballet/Sendratari）、巴厘佳美兰（Bali Gamelan）、《罗摩衍那》舞剧（Bali Ramayana Ballet/Bali Ramayana Sendratari）。

1. 巴厘舞剧（Bali Ballet/Sendratari）

（1）辞典

在牛津新格罗夫在线辞典中，巴厘舞剧（Sendratari）出现在辞条"Indonesia"④的"Dance and theatre"中和辞条"South-east Asia"⑤的"Dance and theatre-Indonesia"中。前者解释了"舞剧"（Sendratari）的含义，并将其归为巴厘的世俗表演艺术中。后者主要叙述了"舞剧"的出现年代与常见类型。

（2）书籍

笔者共搜集到涉及巴厘舞剧的有效书籍共有两部，分别是《巴厘舞蹈、戏剧和音乐》（*Balinese dance，Drama & Music*⑥）和《世界文化的继承者：成为印度尼西亚

---

① 高登智：《〈罗摩衍那〉在东南亚的流传》，《东南亚》1990年第2期，第36—42页。

② 张玉安：《〈罗摩衍那〉的永恒道德价值——以印尼马来文本为分析案例》，《南亚研究》2003年第2期，第85—90页。

③ 汪悦婷：《巴厘戏剧的宗教内涵——以皮影戏、瓦扬翁为例》，《上海戏剧学院学报》2017年第2期，第51—58页。

④ https://www.oxfordmusiconline.com/grovemusic/view/10.1093/gmo/9781561592630.001.0001/omo-9781561592630-e-0000042890?rskey=1uBerM#omo-9781561592630-e-0000042890-div3-0000042890.2.1.1

⑤ https：//www.oxfordmusiconline.com/grovemusic/view/10.1093/gmo/9781561592630.001.0001/omo-9781561592630-e-0000043742?rskey=1uBerM#omo-9781561592630-e-0000043742-div1-0000043742.6

⑥ I Wayan Dibia, Rucina Ballinger. *Balinese dance，Drama，Music*, Tuttle Publishing, 2004.

人，1950—1965》（*Heirs to World Culture：Being Indonesian，1950—1965*[①]）。前一部是对巴厘传统表演艺术形式的介绍，特别针对巴厘的佳美兰、舞蹈、戏剧及木偶戏这几类表演艺术的性能、历史及功能进行的详尽阐述。其中专门有一节标题为"舞剧（Sendratari）"，介绍了舞剧的产生年代、基本定义、发展历程、表演内容和方式等，对笔者的课题来说十分重要。

后一部汇集了印度尼西亚和非印度尼西亚学者书写的，关于1950—1965年期间印度尼西亚与世界的联系以及民族文化意识等方面的文章，这些文章均获得了印度尼西亚文化历史奖项。其中涉及到"巴厘舞剧（Balinese Ballet/Sendratari）"的资料有三篇，即《人民文化协会的现代民族戏剧的力度与张力》（"Dynamics and tensions of LEKRA's modern national theatre"），《巴厘有组织的文化与民族主义》（"Getting organized Culture and nationalism in Bali"），《人民文化协会与追寻印尼音乐舞台的合奏》（"LEKRA and ensembles Tracing the Indonesian musical stage"）。这三篇主要叙述了印尼20世纪50—70年代，在政治（主要是印尼共产党）指导下的文化、艺术呈现出的面貌。"舞剧"作为当时的一种政治宣传手段，极为受欢迎。除了常常上演《罗摩衍那》《摩诃婆罗多》这样的经典史诗剧目来教化大众外，"LEKRA（人民文化协会）"还组织专门的剧作家、作曲家创作具有印尼现代民族语言的、社会主义革命性质的舞剧，例如《党在任何地方都开花》（"Mekarlah par tai di mana-mana"）等，并有大量的舞蹈演员、音乐家为之表演。

（3）文章

笔者共搜集到涉及巴厘舞剧的有效文章共有两篇，分别是《古典爪哇舞蹈：历史与特征》（"Classical Javanese Dance：History and Characterization"[②]）和《音乐与音乐家、舞蹈与舞者：巴厘表演中社会与音乐的关系》（"Music and Musicians，Dance and Dancers：Socio-Musical Interrelationships in Balinese Performance"[③]）。

前者从爪哇地区的古典舞蹈戏剧哇扬（Wayang）谈起，之后发展成为人偶戏（Wayang Wong），再发展到哇扬托朋戏（Wayang Topeng），现代发展为两种舞剧形式，即有面具、有对话的人偶戏和无面具、无对话的"舞剧"。题材方面，在古典时期，哇扬仅表演印尼本土部落祖先的光荣事迹，如潘吉（Panji）的故事，公元4世纪印度

---

① Jennifer Lindsay，Maya H.T. Liem. *Heirs to World Culture：Being Indonesian，1950—1965*，Brill，2012.

② Soedarsono. "Classical Javanese Dance：History and Characterization"，*Ethnomusicology*，Vol. 13，No. 3，1969.

③ Annette Sanger. "Music and Musicians，Dance and Dancers：Socio-Musical Interrelationships in Balinese Performance"，*Yearbook for Traditional Music*，Vol. 21，1989.

文化进入爪哇地区，印度史诗《摩诃婆罗多》和《罗摩衍那》随之传入，爪哇居民便逐渐将这些印度史诗中的主人公视为自己的祖先。达朗（Dalang）也开始不再只讲述原生祖先的伟大事迹，而是将重心投入到这些印度史诗的故事中。在如今的巴厘，戏剧人偶戏只会表演《罗摩衍那》的故事内容。

后者主要论述了印尼巴厘地区的音乐和音乐家、舞蹈和舞者之间的关系。作者认为在巴厘人观念中，音乐和舞蹈是不能分开来看的，许多艺术中两者均是相互依存的，且舞者（舞蹈）的地位要比乐手（音乐）高。例如，"舞剧"这种现代较为流行的舞剧，便是以舞蹈为主要载体，音乐居于配角地位。若研究这一类的舞剧艺术，必须将音乐、舞蹈、表演至于一个"整体"中进行解锁。

2.巴厘佳美兰（Bali Gamelan）

在音乐方面，笔者以"巴厘佳美兰（Bali Gamelan）"为关键词进行搜索，数目庞大、繁杂，但很多与本论文题目不相关。因此，笔者筛选了巴厘佳美兰中谈及"舞剧（Sendratari）"的文献资料作为综述对象。

（1）辞典

新格罗夫辞典的"巴厘佳美兰"[①]主要从它的历史发展和使用的乐器及不同乐器的功能等方面进行的阐述；维基百科的"巴厘佳美兰"[②]主要是对巴厘佳美兰的用途和乐器类型进行的概述。

（2）书籍

笔者共搜集到涉及巴厘音乐的有效书籍仅有一部，是《佳美兰铜锣克比亚：20世纪巴厘音乐艺术》（*Gamelan Gong Kebyar*：*The Art of Twentieth Century Balinese Music*[③]）。本书为音乐学研究者提供了一份关于巴厘佳美兰音乐的研究报告，特别是20世纪的佳美兰乐队——铜锣克比亚。作者将音乐理论与音乐分析应用到这个非西方的乐队中，以讨论其乐器的组成及音乐的结构，从而观察巴厘文化背景。

（3）文章

笔者共搜集到涉及巴厘音乐的有效文章共有两篇，是《佳美兰铜锣克比亚：20世纪巴厘岛音乐艺术"瑟玛拉达纳佳美兰"的发展和印尼巴厘岛调式系统的扩展》（"The Development of the 'Gamelan Semara Dana' and the Expansion of the Modal

---

① https://www.oxfordmusiconline.com/grovemusic/view/10.1093/gmo/9781561592630.001.0001/omo-9781561592630-e-4002268105?rskey=oyeRQ3
② https://en.wikipedia.org/wiki/Music_of_Bali
③ Michael Tenzer. *Gamelan Gong Kebyar*：*The Art of Twentieth Century Balinese Music*，University of Chicago Press，2000.

System in Bali，Indonesia"[①]）和《巴厘克比亚音乐打破五声音阶限制：七声音阶佳美兰的新作品》（"Balinese Kebyar Music Breaks the Five-Tone Barrier：New Composition for Seven-Tone Gamelan"[②]）。前者主要谈及"舞剧"所使用的佳美兰称为"瑟玛拉达纳（Semara Dana）"，这是由巴厘艺术家陪拉沙先生发明的一种新型的采用七声培罗格音阶的佳美兰，现代许多印尼年轻作曲家都在使用这种佳美兰创作作品。虽然它是新型的佳美兰，但其风格更偏向保守，常使用早期合奏的形式与技巧来编写音乐，因此被称为"具有古老精神的新佳美兰"。"瑟玛拉达纳"佳美兰的创新之处在于它将不同的佳美兰模式进行混合，并将其内部扩展，这种新的合奏形式既能够保留早期传统的音乐核心，同时也为新一代作曲家打开了新的窗口。

后者可以说是前者的扩充版，主要论述了巴厘的克比亚（Kebyar）音乐如何从五声音阶发展成为七声音阶的。作曲家通过对巴厘音乐的乐律进行调整、佳美兰乐器进行改造等手段，扩展了佳美兰音乐的音阶模式。其中谈到"瑟玛拉达纳"在巴厘舞剧中诞生并使用，但这种新型佳美兰目前仅在巴厘的乌布地区流行，其他地区的表演更加倾向于对大形制、大尺寸佳美兰的使用。

3.《罗摩衍那》舞剧（Bali Ramayana Ballet/ Bali Ramayana Sendratari）

（1）辞典

新格罗夫辞典中，关于巴厘《罗摩衍那》的辞条出现在"Indonesia"和"Southeast Asia"中。两个辞条中关于《罗摩衍那》舞剧的叙述，主要放置于合唱剧克恰克（Kecak）的名词解释中，克恰克剧中的故事情节均来自于印度史诗《罗摩衍那》；维基百科中有专门的"《罗摩衍那》舞剧（Ramayana Ballet[③]）"辞条，并对其进行了概念性的解释，即罗摩衍那舞团是史诗般的罗摩衍那传奇故事的可视化和表现形式，最初由瓦尔米基用梵语写成，是一种高度风格化的舞蹈艺术形式，罗摩衍那舞团的表演结合了音乐、舞蹈和戏剧，通常无需对话即可表演。

（2）书籍

笔者搜集到涉及巴厘《罗摩衍那》舞剧的有效书籍共有两部，分别是《巴厘舞蹈、戏剧和音乐》（*Balinese dance，Drama & Music*[④]）和《世界文化的继承者：成为

---

① Andrew C. McGraw. "The Development of the 'Gamelan Semara Dana' and the Expansion of the Modal System in Bali，Indonesia"，*Asian Music*，Vol. 31，No. 1（Autumn，1999-Winter，2000）.

② Wayne Vitale. "Balinese Kebyar Music Breaks the Five-Tone Barrier：New Composition for Seven-Tone Gamelan"，*Perspectives of New Music*，Vol. 40，No. 1，2002.

③ https://en.wikipedia.org/wiki/Ramayana_Ballet

④ I Wayan Dibia，Rucina Ballinger. *Balinese dance，Drama，Music*，Tuttle Publishing，2004.

印度尼西亚人，1950—1965》（*Heirs to World Culture：Being Indonesian，1950—1965*[①])，
这两本书已出现在前文的"舞蹈学"综述中，《罗摩衍那》舞剧作为其中的子内容，
在前文均已被提及，这里便不再重复赘述。

综上所述，国内没有任何一部关于巴厘《罗摩衍那》舞剧的专著，仅在一些合
集性的书籍或文章中提及，但具有专业性质的资料难觅其踪，大多为泛泛概括。对于
《罗摩衍那》的研究更多地集中于文学领域，将其置身于舞剧领域的研究实则少数。
虽然国内在印尼佳美兰方面的研究具有一定成就，但多数集中在爪哇地区，巴厘音乐
的资料在数量和质量上相对逊色，仅有一部专著，且为译著，在专业性质上和数量上
非常有限。所以，国内对巴厘表演艺术方面的研究应有很大的开发拓展空间。

相对于国内的研究，国外的研究无论从数量上还是质量上均优于国内。国内的研
究大多还浮于表面的介绍，特别是巴厘舞剧（舞蹈）方面。国外对印尼巴厘艺术的探
索进入更深层的一面，无论是音乐（佳美兰）还是舞蹈均有较为系统的分类和详细的
论述。即便如此，外文文献中也没有一篇或一部是专门关于巴厘舞剧《罗摩衍那》的
文献资料，仅是在书籍的某个章节或文章的某一片段，作为巴厘表演艺术的一部分而
出现，且内容篇幅有限，大都是对概念的描述，没有具体的分析与解读。所以，笔者
将结合舞蹈界、音乐界与戏剧界中对巴厘《罗摩衍那》舞剧的现有研究，综合三方
面的成果与理论，更系统、更精确地提炼巴厘《罗摩衍那》舞剧的艺术特征与文化
内涵。

四、研究方法

倘若研究巴厘《罗摩衍那》舞剧，就必须深入到当地民间，切身感受舞剧艺术与
巴厘人的现实生活。为此，笔者多次赴印尼巴厘岛进行了《罗摩衍那》舞剧的田野考
察，笔者所搜集整理的第一手资料，为此次及日后写作提供了翔实可靠的蓝本。

非常幸运的是，硕士、博士六年，笔者一直在印尼舞蹈和佳美兰老师指导下浸泡
式学习，天长日久的异国艺术熏陶，为笔者"多重音乐能力"的培养打下了基础。另
外，2021年入职天津音乐学院音乐学系后，笔者也开设了这门课程，印尼舞蹈课是
在天津音乐学院音乐学系第一次开设的舞蹈类课程，该课不仅得到了学院领导层的认
可，也受到了学生们的拥趸。

[①] Jennifer Lindsay，Maya H.T. Liem. *Heirs to World Culture：Being Indonesian，1950—1965*，Brill，2012.

本书中，笔者还会运用民族音乐学的内容、借鉴舞蹈人类学①的方法、贯穿跨文化理解的思维及秉持多元文化的观念等综合手段，管窥巴厘《罗摩衍那》舞剧中音乐、舞蹈和戏剧之间的关系，把握舞剧表演的核心规律，解构这部舞剧中多元文化融合现象，探索这部舞剧的文化艺术价值。

---

① 舞蹈人类学：王建民在文章《舞蹈人类学的概念辨析与讨论》中指出"舞蹈人类学研究的使命就是在舞蹈所在社会文化现实场景中，考察舞蹈、身体及其相关的概念，通过身体动态的捕捉和有关身体动态的解释，抓住、理解并翻译这些文化表达的概念、意义和情绪情感，在研究中注意舞蹈的概念、意义和情绪情感在跨文化场景中的差别"。

第一章

印尼巴厘《罗摩衍那》舞剧概述

第一节　印尼巴厘文化概述

"印尼位于东经94° 45′ 至东经114° 05′，北纬6° 08′ 至南纬11° 15′，地处亚澳两大陆之间，是连接太平洋和印度洋的重要通道。印尼约由大小17508个岛屿组成，被誉为'万岛之国'，是世界上最大的群岛之国。……印尼地理构造复杂，全境岛屿较为分散，其疆域南北走向1930千米，东西走向5150千米，由大巽他群岛（爪哇岛、苏门答腊岛、加里曼丹岛、苏拉威西岛）、努沙登加拉群岛（巴厘岛、龙目岛、松巴哇岛、弗洛勒斯岛、西帝汶岛等爪哇以东诸岛）、马鲁古群岛（布鲁岛、哈马黑拉岛、安汶岛、塞兰岛、坂大道、阿鲁群岛、苏拉威西岛与巴布亚岛【西部】之间诸岛）、巴布亚岛等组成。"[①]

从上述引文中可以看出，印尼由众多岛屿组成，每个岛屿在地理环境、人文风俗等方面均呈现不同的特色。近些年因旅游业而闻名世界的巴厘岛亦属于印尼诸岛屿中的一支，隶属于努沙登加拉群岛（亦称"小巽他群岛"），该群岛位于爪哇岛以东的印度洋和帝汶海之间，与爪哇岛、苏门答腊岛和加里曼丹岛等组成的大巽他群岛相对。巴厘位于小巽他群岛的西端，总面积约5560平方千米[②]。其形状大致呈菱形，地势东高西低，山脉横贯，有10余座火山坐落于此，其中最高峰是位于巴厘岛东部的阿贡火山，海拔3142米，被当地人称为"圣山"。在这座圣山的山坡上有一座名为百沙基的寺庙，也被称为"圣母庙"，它是一座印度教寺庙，主要供奉着湿婆神。巴厘人将湿婆作为被尊崇的大神，该寺庙也成为了全巴厘信仰的中心。在整个印度尼西亚大部分部族都相继皈依了伊斯兰教这样的大环境下，巴厘岛上的居民却依然保持着印度教信仰，着实罕见。

---

① 梁敏和：《印度尼西亚文化概论》，世界图书出版广东有限公司，2014，第8页。
② 数据来源于梁敏和：《印度尼西亚文化概论》，世界图书出版广东有限公司，2014，第8页。

　　这不禁引起了大众的好奇心——为何巴厘的宗教没有与周边岛屿保持一致，反而保持着自己独特的宗教信仰呢？这就要从巴厘的历史说起：早在公元4至5世纪，印度教随着印度商人的贸易活动来到了印度尼西亚的爪哇地区。随后，在爪哇岛的夏连特拉王朝（公元750—850年）时期，印度教随着部分爪哇移民来到了巴厘岛。"印度教抵达巴厘的时间应该不晚于公元8世纪，证据之一是巴厘最古老的印度教寺庙中的湿婆雕像造型风格与此时期爪哇帝延地区的湿婆像完全相同。不过当时巴厘语外界的商贸往来相当有限，所以有传教动力的是僧侣而非商人。"① 夏连特拉王朝衰落后，公元1343年在爪哇岛上又建立起了印度教王国麻喏巴歇（Majapahit），该王国的出现致使印度教在巴厘岛上兴盛起来，并逐渐发展成为主体宗教。16世纪前后，爪哇政权更替，伊斯兰王国兴起，大量印度教贵族和上层人士纷纷逃往巴厘，这些人的到来更加促进了巴厘印度教的发展与繁荣。"从16世纪至18世纪，印度教在巴厘岛原有的宗教基础上不断壮大，不但保持了原有的文化特征，而且与本土文化相适应相融合，逐步形成独特的巴厘印度教。"② 但从19世纪开始，以信奉基督教为主的荷兰殖民者入侵了巴厘。不屈不挠的巴厘人始终保持着对印度教的忠诚，用生命捍卫着自己的信仰，迫使殖民者不得不放弃强压政策。因此，巴厘人无惧无畏的性格和数次反抗外来干涉的顽强精神，成为任何外来宗教传入的一个巨大障碍。当印尼各岛都改信伊斯兰教或基督教时，巴厘人却成功地坚守了他们的传统信仰。③ 可以说，在巴厘人心中印度教不仅单纯代表神灵信仰体系，更体现巴厘人坚贞不屈的英雄气节。

　　但是，巴厘人信奉的印度教与印度正统的印度教有所不同，他们并没有完全照搬印度教所有的教规，而是选择性地吸收印度教中的精华部分，并融合了许多巴厘本土的原始宗教成分，因此又被称为"巴厘印度教（Agama Hindu-Bali）"。"巴厘印度教不仅具有印度教的基本特征，延续了印度湿婆教的特点，把印度教和佛教杂糅在一起崇敬。而且也融入了巴厘岛的原始信仰，如：精灵崇拜和祖先崇拜等。可以说，巴厘岛的印度教只是巴厘人信仰的外壳，而里面的内容则是丰富多彩的。"④ 巴厘印度教是整个巴厘社会活动的支柱，支撑着巴厘人的生活，影响着巴厘人的世界观与价值观。印度教寺庙是巴厘社区的划分标志，巴厘居民从出生到死亡必须要经历一系列的宗教仪式，甚至衡量一个人的好坏都要取决于这个人是否敬拜印度教神明。正是因为宗教思

---

　　① 杨晓强：《试论印度教在印尼巴厘岛的本土化》，《东南亚研究》2011年第6期，第29—34页。

　　② 杨晓强：《试论印度教在印尼巴厘岛的本土化》，《东南亚研究》2011年第6期，第29—34页。

　　③ 资料来源于梁敏和、王受业、刘新生编著《列国志·印度尼西亚》，社会科学文献出版社，2010，第10页。

　　④ 陈杨：《浅析印尼巴厘岛印度教的传承与发展》，《东南亚纵横》2005年第6期，第40—44页。

想的根深蒂固，使巴厘人在生活方式、风俗习惯、文化艺术等诸多方面都显露出印度教的身影。

一、生活方式

在历法方面，巴厘有两种历法：一种名为"沙卡历"（Saka），一种名为"乌库历"（Wuku）。前者又被称为"巴厘印度历"，后者又被称为"爪哇巴厘历"，这两种历法均与印度教有密切的关系。"巴厘印度历和印度流行的萨迦历基本相同，以月亮的盈缺一次为一月，全年12个月，共355天。巴厘印度教的新年就是巴厘印度历的10月1日，也叫静居日。而爪哇巴厘历则深受麻若（喏）巴歇王朝的影响，全年分为30周，每周7天，共210天。许多大大小小的印度教节日是按照爪哇巴厘历来计算的，最重要的有加隆安节和库宁安节。"[①]

在语言方面，印尼的巴厘语有一套传统的字母称为"Aksara Bali（巴厘字母）"，也叫"Carakan"，它是一种源自婆罗米字母的文字。婆罗米字母是印度古代最重要、使用最广泛的字母，主要用于书写梵语著作。"梵语是大乘佛教和婆罗门教经典所用语言，是印度教文化的外化。梵语对巴厘岛的影响十分巨大。巴厘语是巴厘岛的方言，巴厘语中有相当数量的梵语词汇和深受梵语影响的古爪哇语词汇。……巴厘岛的作品内容多取材于印度教色彩浓厚的史诗《摩诃婆罗多》和《罗摩衍那》，其中英雄们的行为方式成为人们的处事准则，极大地影响了巴厘人的价值观。"[②]

在居家方面，巴厘人家中几乎都建有家庙，家庙中除供奉着自己的祖先外，还供奉着印度教的神灵。每天清晨，巴厘人在自家门口还会放置一个用来摆放供品的小花盒，名叫"Bonten Saiban"，供品中至少有红、绿、白三种颜色，分别代表印度教三位主神——梵天、毗湿奴、湿婆，用以保佑子孙延绵、家人平安健康。

由此可见，从历法到文字再到居家，巴厘人生活的方方面面都与印度教有着紧密的联系。

二、风俗习惯

巴厘多数人的婚礼要在印度教寺庙中举行，新人们要盘腿坐在主持婚礼的僧侣面前，僧侣手摇铜铃，口念经文，之后再进行一系列的仪式，可持续数十小时。巴厘人的种姓制度，按照印度教分为四种——婆罗门、刹帝利、吠舍、首陀罗。前三个种姓

---

① 陈杨：《浅析印尼巴厘岛印度教的传承与发展》，《东南亚纵横》2005年第6期，第40页。
② 陈杨：《浅析印尼巴厘岛印度教的传承与发展》，《东南亚纵横》2005年第6期，第40页。

为高种姓，均拥有相应的称号，其后代可传承，而最后一个首陀罗种姓则无任何称号。但巴厘印度教种姓制度不会像印度那样严格，在巴厘人的种姓中，婆罗门、刹帝利和吠舍仅占印度教徒总人数的15%，其余85%的广大群众都属于平民种姓首陀罗。种姓之间的矛盾也不像在印度那样尖锐，其差别只表现在一些非重要的规则和禁忌方面。受印度教观念的影响，巴厘人也认为人去世后其灵魂要升入天国，而火葬可以使死者的灵魂进入"极乐世界"，他们把葬礼当作喜事，因此火葬仪式非常隆重。

三、文化艺术

巴厘人非常热爱雕塑，巴厘的木雕与石雕现在已经成为享誉世界的传统工艺品。巴厘人的雕刻与印度教诸神息息相关，许多雕刻品均以古印度神话为题材，走在街上常常会见到梵天、毗湿奴、湿婆等神像，另外还有猴神哈努曼、象鼻子神伽内什的神像等。在绘画方面，像西方的圣母画一样，巴厘人也把对印度教的敬畏与依赖体现在绘画上。"踏上巴厘岛，在商店、画廊或者居民家中便不难发现这样的画面：一个妖魔正用一根杵状的东西往一名男子嘴里捣去，而这名男子生前总是欺骗别人……巴厘岛的印度教信徒坚信，人死后要接受审判，所犯罪孽必须在地狱中抵偿。……此外，天国、人间和地狱的全景也是巴厘宗教绘画展现的重点。这种画层次分明：最上部是神的居所，中间是星宿、宫殿、人和动物，花草装饰在两侧，再往下就到了恐怖的地狱。"[1]在表演艺术方面，无论是戏剧还是纯粹舞蹈表演，其题材也多取自于印度史诗《摩诃婆罗多》和《罗摩衍那》，甚至许多演出在正式表演之前，都要先举行祭拜仪式。"皮影的制作者和表演者都是世代相传的艺术家，在开始表演之前，表演者必须先举行拜神仪式，将装皮影的箱子抬出来，用花盘进行祭拜，同时要烧香，洒圣水。之后，才能拿出皮影，将好人放在右边，坏人放在左边。"[2]

总而言之，巴厘岛在巴厘印度教的浸润下，已度过了一千三百多年。在全球化和现代化冲击的当今，这座海岛在仍恪守传统的同时，也包容着外面世界带来的新变化。巴厘印度教已渗透到当地社会的各个层面，巴厘人的方方面面都离不开宗教。舞蹈、音乐、戏剧等艺术作为巴厘人敬仰印度教神明的渠道之一，亦变成巴厘人生活的一部分。巴厘人也将这些表演艺术作为传播和传承巴厘印度教的手段，发扬光大。接

---

① 杨晓强：《巴厘印度教绘画艺术》，《世界宗教文化》1997年第2期，第55—56页。
② 李春梅、张晓萍：《宗教、艺术与旅游——以印度尼西亚巴厘岛印度教为例》，《世界宗教文化》2018年第3期，第71页。

下来，笔者将以巴厘表演艺术中最为著名的、以印度教史诗《罗摩衍那》为题材而创编的舞剧作为研究对象进行阐述。

第二节　巴厘《罗摩衍那》舞剧概述

一、巴厘的《罗摩衍那》文本

《罗摩衍那》原是印度史诗，产生在笈多王朝兴起的公元4世纪的苏多阶层[①]。苏多是官廷中国王的御者和歌手，经常编写英雄颂歌，为帝王们歌功颂德，因此逐渐形成了一种与婆罗门教宗教文学相对立的世俗文学。《罗摩衍那》即是在英雄颂歌的基础上发展而成的，它与印度另一部史诗《摩诃婆罗多》均为苏多和民间游吟诗人集体创作的成果。在印度，各民族、各地域、各语言几乎都有自己的罗摩文本，而在这些罗摩故事中成书最早、影响最广的版本则是由蚁垤（Valmiki）用梵语写成的，距今已有2000多年的历史。蚁垤的《罗摩衍那》一共分为七个章节，分别是《童年篇》《阿逾陀篇》《森林篇》《猴国篇》《美妙篇》《战斗篇》和《后篇》。其中前六章为原作者创作整理，第七章是后人增补的内容。主要记述了阿逾陀国王十车王举行祭祀求子，毗湿奴化身成他的四个儿子，其中长子即为罗摩（Rama），罗摩通过比武获胜，娶了弥提罗的公主悉多（Sita），后因王位继承的问题，罗摩被放逐森林，在森林流放期间，其妻悉多被魔王罗波那（Rahwana）劫走，在猴神哈努曼（Hanoman）的帮助下罗摩救回妻子悉多的故事。作者通过故事内容向世人传达了印度教教义、超凡的想象力、伟大的仁爱精神以及人与自然共处的和谐精神与情怀。《罗摩衍那》是印度第一个通过人物视角来描述故事的史诗，是印度文学的启蒙作品，因此也被印度人称为"最初的诗"，其地位可与古希腊的《荷马史诗》相媲美[②]。

《罗摩衍那》作为印度教的圣典，与印度商人一起来到了东南亚诸国。其中走"南线"传入印度尼西亚，即"从印度的古吉拉特、南印度，再经海路向南传至印度尼西亚的苏门答腊、爪哇"[③]。"（罗摩故事）最早传入的是印度尼西亚的爪哇地区，可能在公元初，首先是由那些印度商人或在印度国内失势的刹帝利们带到这片土地的。罗摩故事爪哇文本格卡温诗体《罗摩衍那》也是东南亚地区发现的最早的罗摩故事文

---

① 苏多是印度教刹帝利男子和婆罗门女子相结合的后代。
② 资料整理于张玉安、裴晓睿：《印度的罗摩故事与东南亚文学》，昆仑出版社，2005。
③ 张玉安、裴晓睿：《印度的罗摩故事与东南亚文学》，昆仑出版社，2005，第89页。

学文本，据印度萨拉坎博士推断，成文于1094年，也有人认为成书于10世纪前。"①后来，罗摩故事的爪哇文本，随着国王领地的扩张和宗教文化的迁徙，传到了巴厘。目前，在巴厘地区仍沿用着爪哇语文本，特别是格卡温诗体（Kakawin）的使用最为频繁。"格卡温Kakawin这个词的词源是梵语的'kawi'，原意是'非凡的智者'，后来演变成'kawya'而专指'诗人'。该词被借用过来之后，加上爪哇语的前缀'ka-'和后缀'-n'变成了ka-kawi-n。"②该诗体用最古老的爪哇语模仿梵体诗的韵律写成，其内容与蚁垤的《罗摩衍那》情节大致相同，但仍有出入："格卡温诗体《罗摩衍那》共26章，17章以后的内容取自其他《罗摩衍那》传本，其中也有一些爪哇作者自己的创作。蚁垤的《罗摩衍那·后篇》中的内容在格卡温诗体《罗摩衍那》中没有出现。"③

除格卡温诗体外，还有古爪哇的散文体以及《罗摩史话（Serat Rama）》《罗摩衍那话本（Carita Ramayana）》等，均与蚁垤版本相接近，亦属于爪哇语文本。值得一提的是，《罗摩史话》还被翻译成了巴厘文。虽然巴厘在建筑景观上没有像爪哇的普兰巴南那样惊为天人的印度教神庙群，但作为印度教的保留之地，这里几乎每天都有不同类型的《罗摩衍那》戏剧上演，一来敬神，二来用表演的方式教育当地人民要拥有美德，要有廉洁谦卑的品行和自我牺牲的精神。比如，以格卡温诗体《罗摩衍那》为脚本的人偶戏（Wayang Wong）、从祭神舞继承下来的合唱剧（Kecak）、古典独角戏乔克舞（Jauk）和舞剧（Sendratari）等，他们都是以表演的形式来传播、传承罗摩故事，演绎着古老而灿烂的印度文化。

二、巴厘的《罗摩衍那》舞剧

"舞剧，舞蹈艺术样式之一，以舞蹈为主要手段表现一定戏剧情节内容的舞蹈体裁，是一种以戏剧、音乐、舞蹈、舞台美术四种艺术成分组成的综合性的舞台表演艺术。舞剧由多种舞蹈样式组成，有独舞、双人舞、三人舞、群舞、舞蹈场面、生活场景、哑剧等等。舞剧中舞蹈场景的安排服从于表现题材内容、塑造人物形象和舞剧结构的特殊规律。"④通过《中国舞蹈大辞典》对舞剧一词的定义可以看出，舞剧是由舞蹈、音乐、戏剧等多种艺术共同结合而成的，是一门综合的艺术形式。巴厘人眼中的"舞蹈"与"舞剧"，其边界是模糊的。因为他们认为，舞蹈基本上都是以戏剧的形式来呈现，但凡戏剧都会伴随着舞蹈动作的表演，而且有表演的地方也定会有佳美兰乐

---

① 张玉安、裴晓睿：《印度的罗摩故事与东南亚文学》，昆仑出版社，2005，第89页。

② 梁立基：《东方文化集成——印度尼西亚文学史》，昆仑出版社，2003，第66～67页。

③ 张玉安、裴晓睿：《印度的罗摩故事与东南亚文学》，昆仑出版社，2005，第185页。

④ 王克芬等主编《中国舞蹈大辞典》，文化艺术出版社，2010。

队为之伴奏。因此，可以说巴厘的舞蹈、音乐和戏剧合为一体，共同塑造了巴厘的表演艺术。

巴厘的舞剧可分为广义和狭义两种。广义舞剧泛指一切以人体动作姿态来表现故事发展或内心世界的舞蹈戏剧形式（英语将其翻译为"Dance-Drama"[1]），比如人偶戏（Wayang Wong）、托朋（Topeng）、甘布（Gambuh）等。一般这类舞剧的演员们会在面部蒙以不同样式的面具，边舞动边念白或唱词。因有语言作为传递戏剧信息的桥梁，因此这类舞剧在肢体动作方面都较为简单，即兴部分较多。除舞剧的开头和段落之间的衔接处会有一段技巧性较高的纯舞蹈部分外，正剧部分的舞蹈成分主要是演员用简单的手势与走位来展现角色身份与神态即可。在后文中笔者用"巴厘传统戏剧"来表示这一类广义舞剧。

狭义舞剧指的是专门用舞蹈来叙事，并经过艺术提炼的戏剧形式（印尼语称之为"Sendratari"）。这类舞剧在舞蹈技术方面与前者相比就要复杂得多，它通过舞者的肢体动作来展现戏剧情节。本书的研究对象特指狭义的概念，即"舞剧"（Sendratari）[2]。"该单词源自印尼语，是'Seni Drama Tari'三个单词的缩写，'Seni'是艺术的意思，'Drama'是外来词戏剧的意思，'Tari'是舞蹈的意思。'舞剧'（Sendratari）主要存在于印度尼西亚的两个地区——爪哇和巴厘，两地的舞剧均是一套完整的表演艺术，以舞蹈的方式来呈示故事，佳美兰乐队为之伴奏。起初，'舞剧'仅有舞蹈表演和佳美兰伴奏，后来逐渐在佳美兰乐队中增加了一名咏唱者（Juru Tandak）。这位咏唱者通过旁白或朗诵史诗的方式，对舞蹈演员的动作和剧情发展加以解读，让舞剧更加易解化。"[3]第一部"舞剧"是1960年在爪哇的日惹地区，专门为印度教庙宇群普兰巴南（Prambanan）中的浮雕故事而创演的《罗摩衍那》，采用的是爪哇风格舞蹈与爪哇佳美兰演奏。1962年，爪哇舞剧（Java Sendratari）传到了巴厘后得到了快速的传播，巴厘艺术家爱·哇言·陪拉沙（I Wayan Beratha）先生以巴厘当地的民间传说为题材，融入巴厘传统的舞蹈、音乐和戏剧形式创作了第一部巴厘舞剧（Bali Sendratari）——《贾亚普拉那（Jayaprana）》。随后，陪拉沙先生于1965年用巴厘语创作了属于巴厘的《罗摩衍那》舞剧，这部舞剧由数十名舞者和佳美兰演奏者前往各个村庄轮番表演，引起了巨大的轰动。时至今日，巴厘《罗摩衍那》舞剧仍是巴厘表演

① I Wayan Dibia，Rucina Ballinger. *Balinese dance*，*Drama*，*Music*，Tuttle Publishing，2004，p.52.

② 有些文献中直接将其音译为"仙拉它里默剧"，但本书仍保留其意译——"舞剧"。

③ 根据I Wayan Dibia，Rucina Ballinger. *Balinese dance*，*Drama*，*Music*中的"Sendratari"一节翻译整理。

艺术中的巅峰之作。[①]

由于《罗摩衍那》自身带有极高的知名度和浓重的宗教意义，因此它从众多"舞剧"（Sendratari）中脱颖而出，逐渐形成了自己的专有名称——《罗摩衍那》舞剧（英语：Ramayana Ballet[②]，印尼语：Ramayana Sendratari）。关于巴厘的《罗摩衍那》舞剧，我国著名印尼语学者张玉安先生是这样定义的："罗摩舞（Ramayana Ballet）是在古典人偶戏（Wayang Wong）的基础上创编的。20世纪80年代从爪哇引进巴厘。它以传统的巴厘乐器佳美兰伴奏，融合了传统舞蹈技巧和现代闹剧形式，形成一种独特的巴厘表演艺术。"[③]（但有些文献中认为巴厘舞剧在20世纪60年代就从爪哇引入，并非80年代。如绪论中提到的《世界文化的继承者：成为印度尼西亚人，1950—1965》和《巴厘舞蹈、戏剧和音乐》两本著作中，均认为"Sendratari"是在1962年由爪哇传入巴厘。）

综上所述，巴厘《罗摩衍那》舞剧（Bali Ramayana Sendratari）是将爪哇《罗摩衍那》舞剧（Java Ramayana Sendratari）和巴厘传统戏剧风格相融合，并借鉴了现代西方舞台技术后的产物。"在剧中，舞者仅表演舞蹈，而不去唱词，他们用精美的舞步和手势去讲述故事、描绘角色。佳美兰乐手负责演奏乐器，乐队中的咏唱者用当地的巴厘语叙述故事情节或咏唱台词。当咏唱者的旁白有较强的起伏时，舞者也会跟随其用夸张的手势和面部表情去刻画形象。"[④]在剧情方面，巴厘的《罗摩衍那》舞剧将故事情节浓缩至一个半小时左右，主要展现了从罗摩一家被放逐森林，而后失去妻子悉多，与猴子大军携手打败魔王罗波那，最后救回悉多的故事；在角色方面，通过服饰、化妆、语气、动作等元素将正义与邪恶的人物身份划分得非常明确。"故事开场的背景是一片森林。由于罗摩和罗什曼那兄弟的相貌要十分俊美，通常由女性演员扮演。罗摩头戴金冠，罗什曼那头系黑色饰巾，庄重典雅，气度非凡。……而魔王罗波那大步流星，狰狞可怖，充满了爆发力，和罗摩、罗什曼那的雍容华贵恰成反比。"[⑤]音乐在戏剧营造氛围方面也起了至关重要的作用，作曲家选择了20世纪初才制造出的铜锣克比亚（Gong Kebyar）佳美兰担任这部舞剧的伴奏乐队。

随着时代的发展，巴厘的开放程度较爪哇大得多，在游客数量较多的地方建立了世俗性舞台，例如1976年落成的巴厘艺术中心（Werdi Budaya），每年都会在这里举

---

① Jennifer Lindsay，Maya H.T. Liem. *Heirs to World Culture：Being Indonesian，1950—1965*，Brill，2012，p.63.

② 根据英文版维基百科对"Ramayana Ballet"的解释（https://en.wikipedia.org/wiki/Ramayana_Ballet）

③ 张玉安、裴晓睿：《印度的罗摩故事与东南亚文学》，昆仑出版社，2005，第27页。

④ 根据I Wayan Dibia，Rucina Ballinger. *Balinese dance，Drama，Music*中的"Sendratari"一节翻译整理。

⑤ 张玉安、裴晓睿：《印度的罗摩故事与东南亚文学》，昆仑出版社，2005，第20页。

办巴厘艺术节（Pesta Kesenian Bali），成千上万的观众会聚集于此，观赏长达一个月的文化盛宴。"巴厘艺术节（PKB）是甘美兰音乐的竞赛和展示，舞者、艺术家来自于全岛。……音乐节的高潮，也是巴厘岛观众最流行的活动是仙拉它里默剧（Sendaratari）和戏剧铜锣舞蹈戏剧表演。"[①]在当今的巴厘表演舞台中，90%的场次都会上演《罗摩衍那》的故事，它成为巴厘人一生中必接受的"洗礼"，而《罗摩衍那》舞剧又是众多巴厘戏剧中最常登台的，它已成为外来游客来到巴厘必接收的"见面礼"。总的来说，巴厘《罗摩衍那》舞剧现已成为巴厘最为流行的戏剧形式之一。与巴厘传统戏剧有很大的不同，它在剧本、音乐、舞蹈动作等方面基本定型，即兴的空间比较小。所以，巴厘的《罗摩衍那》舞剧不会像其他传统戏剧那样可以随意发挥、临时创造，即使是不同剧团的不同场次表演，其故事内容、舞蹈动作、旁白、音乐等也相差不多，几乎程式化。

第三节　巴厘《罗摩衍那》舞剧的生存现状

笔者曾两次踏入印尼巴厘岛的领土，探寻这座岛屿的艺术文化。第一次踏入巴厘岛（2018年1月）是硕士期间，主要目的是研究巴厘的舞蹈音乐；第二次踏入巴厘岛（2019年7月）是博士期间，则主要以巴厘《罗摩衍那》舞剧为中心开展的研究与学习。

巴厘舞剧（Bali Sendratari）作为近代的文化艺术形式，非常符合当地观众的审美，一经产生便很快风靡整个巴厘岛。"这一艺术形式（巴厘舞剧）在巴厘岛与观众的距离很近，也很流行，吸引着成千上万的人去见证《摩诃婆罗多》与《罗摩衍那》。"[②]巴厘《罗摩衍那》舞剧在1965年第一次登上舞台之时，便获得了追捧，甚至比本土题材的舞剧《贾亚普拉纳》更受欢迎。虽然在70年代，陪拉沙先生以全新的技法又创作了六部不同题材的巴厘舞剧，但它们都没有达到《罗摩衍那》舞剧的普及程度。现如今，每周四晚七点在巴厘乌布区（Ubud）的水上皇宫（Pura Taman Sarswati），都会有巴厘戏剧的上演，巴厘《罗摩衍那》舞剧是其中最常上演的剧目。水上皇宫原本也是一座印度教寺庙，又称"萨拉斯瓦蒂女神庙"。其名称"Sarswati"是出自印度教之神梵天的妻子（Sarasvati），中文译为"辩才天女"，是掌管智慧和艺

---

①〔美〕利萨·戈尔德：《巴厘岛音乐》，于晓晶、郑隽逸译，管建华审校，江苏凤凰教育出版社，2016，第189页。

②〔美〕利萨·戈尔德：《巴厘岛音乐》，于晓晶、郑隽逸译，管建华审校，江苏凤凰教育出版社，2016，第125页。

术的女神。该寺庙因位于乌布区的中心地带，遂逐渐商业化，其两侧街道全部是餐馆、店铺，寺庙门前也搭建了戏剧表演用的舞台。尽管如此，也不妨碍印度教徒对这座寺庙的虔诚，它白天大门紧闭供印度教徒朝拜，晚上则会向包括游客在内的所有人敞开，供大家参观。

除了平常的世俗表演外，巴厘《罗摩衍那》舞剧最受关注的时刻是在巴厘艺术节举办期间。"巴厘艺术节（Pesta Kesenian Bali）"由巴厘的第六任省长艾达·巴戈斯·曼特拉（Ida Bagus Mantra）先生创建，自1979年起至今已举办了42届（2020年止），每一届有不同的主题，从每年的六月第二周开始至七月的第二周结束，现已成为印尼举办时间最长的艺术节。举办巴厘艺术节的目的是为了保护、发展和推广巴厘的传统文化与艺术，而不是单纯地为了旅游业和商业的发展。所以，在艺术节的系列展演中，来自各区域的风俗表演节目必须由省政府把关，具有相当专业的水平。在整个巴厘艺术节中，最受欢迎、最为高潮的部分要数巴厘舞剧的表演，它通常会在傍晚时分的巴厘艺术中心（Werdi Budaya）的户外剧场举行，表演者大多为登巴萨艺术学院和SMKI表演艺术中学的师生。两所学校的师生们在艺术节开幕式前的一个月就开始精心准备这场盛大的演出，他们会共同负责整个艺术节中巴厘舞剧的演出。巴厘舞剧作为巴厘省政府推出的艺术精品，他们自豪地向国家政府官员们以及世界各地的观众们展现着自己的身姿。外国游客纷至沓来，照相机、摄影机一刻不停地闪动，巴厘本地观众的热情却更胜一筹。虽然巴厘舞剧这种形式是依附于旅游业而发展起来的，但并不影响它成为一种民族文化艺术的瑰宝。艺术节期间，倘若当晚有巴厘《罗摩衍那》舞剧的演出，艺术中心的入口早早便会被前来观看演出的观众挤得水泄不通，礼堂内部也挤满了观众，没有座位的人只能站在过道中观看。虽然人满为患，但当地居民十分享受这份拥挤带来的欢乐气氛。生活在附近的居民亦可以通过扩音器免费收听，或通过电视转播观看。不管是现场还是通过媒体，观众们都可以感受到源自人类那原始的力量、纯粹而自然的神话故事。观众们随着戏剧情节的起伏而变换着心情，他们时而欢呼英雄，时而唾弃恶魔。

总的来说，无论将巴厘《罗摩衍那》舞剧看作一种发展旅游业的手段，还是传播文化的方式，抑或是宗教文化的信仰，这部舞剧已经成为巴厘家喻户晓的表演艺术。它的流行也反映了观众们非常愿意接受这种既简洁叙述历史，又保留传统精神的戏剧表演。从制作到排练、再到演出，每一处细节都处理得极为精致。它在巴厘文化中的地位就如同歌剧《纳布科》在意大利人心中的地位，坚守正义又追求自由，恪守传统又与时俱进。可以说，它不仅是巴厘文化的象征，也是印尼国家文化中的一朵奇葩。

第二章

印尼巴厘《罗摩衍那》舞剧的词乐解析

第一节　巴厘铜锣克比亚佳美兰概述

在第一章概述部分中已谈到巴厘《罗摩衍那》舞剧的伴奏佳美兰乐队称为"铜锣克比亚（Gong Kebyar）"（图1）。"铜锣克比亚"属于巴厘众多佳美兰音乐流派中的一种，于20世纪初产生在巴厘北部地区。"1915年，在巴厘岛北部产生了一种崭新的、令人兴奋的甘美兰音乐类型，那就是甘美兰铜锣克比亚，于是这一类型迅速遍布于整个巴厘岛。"[1]20世纪荷兰人统治之时，为了弱化巴厘王室的王权，将原本具有王室价值的佳美兰乐器变卖给附近的村民。而巴厘人长久以来已经习惯了共同劳作的生活方式，因此村民们很自然地共同管理和维护这些共有的资源与财富，并以村落为单位成立了一个名为"班加尔（Banjar）"的公共社团。北巴厘的班加尔社团在当地寺庙佳美兰乐队的基础上，革新出一种新形式的现代风格佳美兰乐队——铜锣克比亚，也就是在该组织的传播下，铜锣克比亚很快传遍了整座岛。[2]铜锣克比亚的表现力极强，它的声音中蕴含了丰富的情绪表达，经常从非常弱的音量突然转变到巨大的声响，或者从极慢的单音转为飞快的交错音型。它可以演奏缓慢而抒情的风格，亦可以展现快速而激烈的音响。正是因为这种多变的表现力，它适用于各种场合中。如今，佳美兰铜锣克比亚已经成为现代巴厘宗教仪式的重要组成部分，在大型庆典和节日时作为舞蹈表演的伴奏乐队，同时常在居民的日常庆典（如婚礼）中使用。在对巴厘《罗摩衍那》舞剧音乐进行分析前，笔者先对"铜锣克比亚"佳美兰的乐器组成、结构框架、调性体系三方面做概述。

---

[1]〔美〕利萨·戈尔德：《巴厘岛音乐》，于晓晶、郑隽逸译，管建华审校，江苏凤凰教育出版社，2016，第50页。

[2] 根据Henry Spiller. Gamelan：*The Traditional Sounds of Indonesia*翻译。

图1　巴厘铜锣克比亚佳美兰（Gong Kebyar Gamelan）①

一、乐器组合

"kebyar"一词为印尼语，意为"开花的过程"，指的是花柱在节奏和动态特征上的爆炸性变化。②这种佳美兰乐队之所以被称为"铜锣克比亚"，因其在音乐进行中总会出现突发性的变化，如节奏、力度、配器会突然转变。铜锣克比亚乐队由铜锣、带键乐器、套锣、旋律乐器、鼓、铜钹等乐器组构成，每组乐器又分为不同的型号，当地音乐家会根据用乐的需要来选择乐器尺寸。固然，音高相近的乐器便会合成一组乐队，共同合作演奏。传统的佳美兰流派通常将不同的乐器固定分布在乐曲的各个段落，铜锣克比亚则与众不同，是所有乐器同步进行演奏，其旋律与节奏具有交互连锁性，即"多声多音色多声部"与"支声多音色层多声部"的结合。前者是指"不同的旋律线由不同乐器组或乐器家族以不同的速度演奏出不同音高的效果"③；后者是指"同一旋律的变体，即同步进行的旋律变体所产生的音响"④。在巴厘佳美兰音乐无记谱的情况下，演奏者（或者每件乐器）之间必须配合相当默契、相互依靠并且完全信

---

① 图片源自网络：https://pro.58pic.com/newpic/5030658403.html。
② 根据Jesse Russell，Ronald Cohn. *Gamelan Gong Kebyar*，Book on Demand，2012，p.30翻译。
③〔美〕利萨·戈尔德：《巴厘岛音乐》，于晓晶、郑隽逸译，管建华审校，江苏凤凰教育出版社，2016，第80页。
④〔美〕利萨·戈尔德：《巴厘岛音乐》，于晓晶、郑隽逸译，管建华审校，江苏凤凰教育出版社，2016，第80页。

赖，才能确保铜锣克比亚这种"多层多声"特征的完美呈现。铜锣克比亚主要分为四个声部：

1.核心旋律声部

在巴厘佳美兰音乐的多声旋律线中最重要的声部即为核心旋律，巴厘语称为"博格克（Pokok）"，巴厘音乐正是在博格克的不断循环中完成，其他高音乐器的旋律也均是在博格克的基础上衍生。博格克并不是仅由一件乐器来演奏，而是需要一组低音金属排琴来演奏，具体来说演奏基础旋律部分的乐器共有三类（图2）：潘亚擦赫（Panyacah）、朱伯拉格（Jublag）和结郭甘（Jegogan）。通常，潘亚擦赫演奏基本旋律中的每一个音，朱伯拉格在潘亚擦赫的双数拍上敲击，结郭甘又在朱伯拉格演奏的双数拍上敲击。如此一来，便形成了巴厘佳美兰音乐的核心旋律声部——博格克。

图2 低音金属排琴①（潘亚擦赫最低、朱伯拉格中间、结郭甘最高）

2.填充声部

在基本旋律之上，还有两组乐器用来填充博格克声部的休止之处，即雷永（Reyong）和冈瑟（Gangsa），两组乐器交互配合的敲击，使不同的击奏乐器融合在一起，形成了混合的节拍。雷永（图3）由12个壶状的金属锣水平放置而成，由四位音乐家坐成一排演奏，共分两组，每组两人一高一低相隔八度齐奏。雷永所演奏的旋律分为两种："*一种旋律类型，跟着主旋律运动，另一种旋律类型，则是通过四个铜锣连环切分类型演奏。*"②冈瑟（图4）属于高音金属排琴，比演奏核心旋律声部的潘亚擦赫高1~2个八度。冈瑟乐器在核心旋律声部上加入了更为精细的旋律声部。铜锣克比亚音乐中的爆发力便来源于这种乐器的特色，它们明亮、通透的音色既能演奏柔和、

---

① 图片源自网络：https://qiye.58pic.com/newpic/61654342.html。
② 〔美〕利萨·戈尔德：《巴厘岛音乐》，于晓晶、郑隽逸译，管建华审校，江苏凤凰教育出版社，2016，第82页。

甜美的声音，也能演奏非常尖锐、宏大的音响。冈瑟乐器又分为两种类型，即佩玛德（Pemade）和坎提兰（Kantilan）。佩玛德比潘亚擦赫高1个八度，坎提兰比佩玛德再高1个八度，它们都是用硬木槌轻快的在金属琴键上敲击，以获得密集的音型。在冈瑟乐器中，沃噶尔（Uagl）担任领奏，它也是整个巴厘佳美兰乐队的指挥者。沃噶尔通常有10个键，音域为2个八度，也属于金属排琴的一种，但它是冈瑟类乐器里音区最高的，装饰物也会更多一些，因为这样会使沃噶尔演奏者身上聚集光线，以便于更好地提示整个乐队。沃噶尔除常演奏引子段落和领奏冈瑟乐器旋律声部外，它还是鼓与乐队的中介。"沃噶尔演奏者扮演者其中沟通者的角色，并跟随鼓手的演奏给予演奏者们视觉信号，从而使得演奏者们可以相互精确地协调各自的演奏声部与动力状态。"[1]因此，与爪哇佳美兰中肯当鼓手为指挥者不同，巴厘佳美兰乐队中沃噶尔演奏者的地位最高，他统领着整个乐队、控制着乐队演奏的强弱和速度。

图3　雷永（Reyong）[2]

图4　冈瑟（Gangsa），高音金属排琴[3]

---

①〔美〕利萨·戈尔德：《巴厘岛音乐》，于晓晶、郑隽逸译，管建华审校，江苏凤凰教育出版社，2016，第82页。
②本人拍摄
③本人拍摄

3. 其他旋律声部

此处的旋律声部与核心旋律声部是相区别的，它是悬浮于核心旋律声部与填充声部上的一条独立旋律。在巴厘佳美兰乐队中最上层的旋律声部由苏林（Suling）或列巴布（Rebab）演奏，这两种乐器在演奏时可以即兴加花、变奏，或制造特殊音效。苏林（图5）是一种竹质的竖笛，在各地的佳美兰乐队中都有存在，但与其他地区佳

图5　苏林（Suling）①

美兰不同的是，巴厘佳美兰中的苏林演奏者必须通过循环呼吸的技巧来创造一种强烈的持续感。"苏林的演奏组运用成对的调音与循环呼吸技巧演绎着抒情的旋律，从而创造了连续音效果。有时，苏林吹奏者还可以进行装饰性的独奏，这种富有韵味的自由演奏会与铜锣具有严格系统性的演奏形成一种对比。"②列巴布（图6）是一种木制拉弦乐器，与爪哇相比，巴厘的列巴布略小，琴身呈流线型，共鸣箱大多由椰子壳制成，琴颈上镶嵌着装饰性图案，造型极为精美。列巴布的音高不需与佳美兰乐器的音阶相吻合，因为它通常在佳美兰乐器空闲之时演奏，也常用来演奏引子部分。

4. 节奏性乐器

巴厘铜锣克比亚佳美兰乐队中的节奏性乐器，主要分为两大类——有音高的打击乐器和无音高的打击乐器。前者（图7）包括大吊锣（Gong）、小吊锣（Kempur）、克冷通（Klentong）或克蒙（Kemomg），演出时只选取

图6　列巴布（Rebab）③

三种，它们是用来划分句读、提示结构框架的。"最大的锣标志并负责着音乐中最重要的重音。一般重音会出现在音乐的开头以及旋律与节拍循环的末尾。小吊锣与克

---

① 本人拍摄制作

② 〔美〕利萨·戈尔德：《巴厘岛音乐》，于晓晶、郑隽逸译，管建华审校，江苏凤凰教育出版社，2016，第66页。

③ 本人拍摄

图7　左为小吊锣（Kempur）、
右为大吊锣（Gong）②

冷通则根据旋律结构，在不同的点上将循环体划分开来。"① 但作为20世纪所产生的"铜锣克比亚"，铜锣的敲击处已不会严格遵循传统铜锣结构，而是会根据作曲家的需求来移动铜锣位置。除此之外，与爪哇佳美兰的铜锣不同，巴厘佳美兰的铜锣之间没有音高区别，它们可以配合任何一个音敲击，以一种特殊的音响效果去强调某个音。后者包括肯当鼓（Kendang，图8）、克姆普力（Kempli）和铜钹（Ceng-Ceng，图9），它们主要是用来击打节拍、控制节奏。肯当鼓为两头呈锥形的双面鼓，演

奏者徒手敲打或右手持槌敲击。为了维持相互交错部分的稳定性，肯当鼓分为公（Lanang）、母（Wadon）两种，因此在演出时会成对出现。克姆普力也是铜锣的一种，演奏者将其置于膝上或水平放置在架子上演奏，由于其无音高的变化，因此在演奏中

图8　肯当鼓（Kendang）③

---

① 〔美〕利萨·戈尔德：《巴厘岛音乐》，于晓晶、郑隽逸译，管建华审校，江苏凤凰教育出版社，2016，第84页。
② 本人拍摄
③ 图片源自网络：https://qiye.58pic.com/newpic/57999077.html。

仅用来有规律的击打单位拍。"克姆普力演奏者持硬槌敲击，体现了克姆普力的作用是乐队里的节拍持续者。克姆普力的演奏部分是由间隔开的拍子所构成的，且音乐结构或织体划分也清晰而细微。"[1]铜钹（Ceng-Ceng）的样子非常有趣，它通常被雕刻成海龟的样子（因为在巴厘神话中，海龟的背上驮着整个巴厘岛）。演奏者手握一对手柄快速而连续地击打龟身。

图9　铜钹（Ceng-Ceng）[2]

二、结构框架

"佳美兰音乐通常采用2倍数的节拍，十分规则，以8拍、16拍、32拍直至256拍为一段。"[3]巴厘佳美兰也不例外，亦采用双数节拍来终结段落，而这些段落又是在不断重复中构成了一首完整的乐曲。"在重复旋律的循环中，铜锣通过重复有规律的节奏型为音乐提供结构框架。铜锣的型号与放置问题，都与其所突出的特定音阶息息相关。铜锣演奏的结构框架对于音乐家来说是非常重要的参考部分：因为他们可以从中

---

① 〔美〕利萨·戈尔德：《巴厘岛音乐》，于晓晶、郑隽逸译，管建华校，江苏凤凰教育出版社，2016，第85页。

② 图片源自网络：https://qiye.58pic.com/newpic/42889400.html。

③ 安平：《世界民族音乐》，高等教育出版社，2011，第30页。

了解哪一部分的演奏适合采用何种相关的铜锣类型。"① 由此可见，框架结构在佳美兰音乐中的重要作用，它有些类似于西方曲式结构概念，音乐家通过了解循环中的铜锣类型，便可悉知该作品的结构形式。与爪哇佳美兰相同，巴厘铜锣克比亚佳美兰音乐中，段与段之间的划分不仅是靠旋律的再现为依据，更重要的是依靠大吊锣（Gong）声音何时出现来判断。因为在佳美兰音乐中铜锣的敲击声通常出现在末拍处，标志着一个循环的结束、下一轮循环的开始（巴厘乐谱中常用"[·]"来表示）。克冷通（Klentong）或克蒙（Kemomg）锣通常在每段的一半之处敲响（巴厘乐谱中常用"–"表示）。小吊锣（Kempur）通常在克冷通（Klentong）或克蒙（Kemomg）锣敲击之前和之后的一半之处敲响（巴厘乐谱中常用"+"表示）。通过下方展示的一个16拍的基本旋律，我们可以了解到铜锣符号是如何标记框架结构的（巴厘乐谱中常用"."表示单位拍）。

铜锣结构				+				–				+			[·]
单位拍	.	.	.	.	.	.	.	.	.	.	.	.	.	.	.	.
节拍数	1	2	3	4	5	6	7	8	9	10	11	12	13	14	15	16

以上仅是众多巴厘佳美兰结构模式中的一种，在巴厘佳美兰中还有许多结构框架，有些相当古老，可以追溯到公元15世纪；有些又相当新颖，21世纪才被创造。在巴厘舞剧中，作曲家为了贴合戏剧的发展，将不同的铜锣框架加以调节、组合，形成了复杂的铜锣结构模式（巴厘语称为"Gongan"）。"作曲家需要思考这些分支节拍以作为可供调节的模型。不同尺寸的铜锣表现或是强调特定的旋律循环方式以及这种循环的长度，这些都影响着戏剧气氛和紧张度，这对描绘场景、赋予角色生命都起了重要作用。"② 本书的研究对象巴厘《罗摩衍那》舞剧中，作曲家亦将新型与传统铜锣结构模式穿插使用，作曲家将多种铜锣结构模式连接在一起，它们在规模上各不相同，速度、风格也不尽相同，但作曲家却将它们巧妙地连接起来，构成一部完整的作品。

三、调性体系

巴厘佳美兰音乐的调音系统不像西方古典音乐那样使用固定音高（如A调到

---

① 〔美〕利萨·戈尔德：《巴厘岛音乐》，于晓晶、郑隽逸译，管建华审校，江苏凤凰教育出版社，2016，第66页。
② 〔美〕利萨·戈尔德：《巴厘岛音乐》，于晓晶、郑隽逸译，管建华审校，江苏凤凰教育出版社，2016，第66页。

440Hz），而是根据佳美兰锻造师的审美进行调音。不同锻造师制造出的佳美兰乐队的音高各不相同，因此每个乐队的定音都是独一无二的，但同时同一乐队中的乐器不能分开演奏，不然就失去了自身的意义。"人们会将甘美兰的所有乐器作为一个特定的整体单位去进行制作与整体调音。如果将一种系列中的乐器放置于另一系列中去演奏，那是绝对不可行的，因为各系列之间的调音是不相同的。"①

由于巴厘佳美兰没有系统的记谱法，因此当地音乐人创制了一种符号记录的方式，称为"克卡尔（Kokar）"记谱法（表1）。巴厘人用"ding、dong、deng、deung、dung、dang、daing"的唱名来表述每一个克卡尔符号，爪哇人会用阿拉伯数字1—7来标注音位。通常把"ding"视为起始音，但这种符号只能显示出一个相对的音高，是一个半固定调的音体系概念，有些类似我国的首调概念。对照音符见表1：

表1　"克卡尔"记谱法

克卡尔谱	唱名对照	音位谱对照
○	Ding	1
⌒	Dong	2
�⁊	Deng	3
⟩	Deung	4
∂	Dung	5
∧	Dang	6
↩	Daing	7

巴厘佳美兰虽也用培罗格（Pelog）七声音阶的调音体系，但很少在一首作品中将七个音全部使用，而是只选取其中五个音相互组合，组成八种不同的形式，如瑟利斯尔（Selisir）、特邦（Tembung）、苏纳伦（Sunaren）等。为巴厘《罗摩衍那》舞剧伴奏的铜锣克比亚佳美兰的调音体系，即以培罗格衍变出的五声音阶——瑟利斯尔（Selisir）为定音，从原来的七声音阶中去掉了第四音与第七音，形成了瑟利斯尔五声音阶，也就是克卡尔谱的○⌒⁊∂∧，音位谱的1、2、3、5、6，五线谱的#C、D、E、#G、A（仅是音程度数的概念，并不能完全对应固定音高）。"铜锣克比亚被定音为由培罗格音阶衍生而来的五声音阶，称为'瑟利斯尔'。在克比亚的发展初期，许多古

---

① 〔美〕利萨·戈尔德：《巴厘岛音乐》，于晓晶、郑隽逸译，管建华审校，江苏凤凰教育出版社，2016，第46页。

老七声甘美兰乐器会被人们通过铸造技术而融化掉，从而被再利用，铸造为新的五声瑟利斯尔克比亚乐队乐器。"① 为了方便不同身份读者读谱，笔者将瑟利斯尔音阶以图表的形式展示如下（表2）：

表2 瑟利斯尔音阶

巴厘克卡尔谱	⌒	⌐	?	∪	＼
巴厘唱名（缩写）	Ding（i）	Dong（o）	Deng（e）	Dung（u）	Dang（a）
音位谱	1	2	3	5	6
西方五线谱（大致音高）					

巴厘音乐家们目前还保留着口耳相传的传统方式传承着音乐，用克卡尔记谱法的方式记录音高。因此，在本书的音乐记谱中，笔者也采用巴厘本土的克卡尔谱，同时为方便不同身份读者的阅读，还会辅以五线谱进行翻译。

第二节 巴厘《罗摩衍那》舞剧的唱词解读

"在某些方面，舞剧不同于甘布（Gambuh）和阿加（Arja）等传统戏剧，舞剧中的台词不由舞者说。而是由一个被称为'Juru Tandak'的人，类似皮影戏（Wayang kulit）中的达郎（Dalang），他坐于佳美兰乐队中，用卡威语和巴厘语咏唱歌词。"② 在巴厘《罗摩衍那》舞剧的配乐中，除常规的二十多位佳美兰乐手外，还有一名男性咏唱者和五名歌唱者。前者被称为"Juru Tandak"，用歌唱与话白相交替的方式讲述故事背景和朗诵角色对白；后者负责歌唱主旋律，所唱内容也是描述故事情节和表达角色的台词，只不过他们是用歌唱的方式。在巴厘《罗摩衍那》舞剧中，无论是咏唱部分还是歌唱部分均使用巴厘语（Basa Bali），即巴厘本土的语言。无论是读音还是拉丁文拼写，它与古爪哇语（卡威语）之间有许多相似之处，使许多研究者容易产生混淆。"巴厘语（Basa Bali）是一种通行于印度尼西亚巴厘岛的语言，在东爪哇、珀尼达岛北部和龙目岛西部也有人使用，使用人口约330万（2000年），属于南岛语系马来—波利

---

① 〔美〕利萨·戈尔德：《巴厘岛音乐》，于晓晶、郑隽逸译，管建华审校，江苏凤凰教育出版社，2016，第51页。

② 翻译自 Zachar Laskewicz. *Music as Episteme*, *Text*, *Sigh & Toll*, Saru press, 2003.

尼西亚语族。大部分巴厘语的使用者还通晓印度尼西亚语。"①巴厘语现有两种书写方式——巴厘文（图10）和拉丁文。"巴厘文（Aksara Bali）是一种脱胎于印度婆罗米文字的元音附标文字，现存最早的碑刻可以追溯到公元11世纪。"②该文字系统常常用于书写古老的巴厘语和印度教仪式中使用的梵语，由于历史较久远、书写难度较大，使用率较低。因此，现代的巴厘语大都使用拉丁化字母表示，笔者在本书也采用拉丁字母来记录歌词。

图10　巴厘文

1.咏唱部分

咏唱部分由一名称为"Juru Tandak"的男性咏唱。"Juru"是巴厘语"男性"的意思，"Tandak"是巴厘语"歌"的意思，合起来即为"唱歌的男子"③。他与印尼皮影戏中的旁白者达郎类似，但区别在于达郎只说不唱，而咏唱者既要说又要唱，因此非常考验咏唱者的音准技能。作为解释剧情发展的咏唱部分，演唱时不成曲调，类似于吟诵，因此在本书中不做专门论述。

2.歌唱部分

歌唱部分由三名女性和两名男性歌者演唱，采用齐唱的方式。需要说明的是，不同演出版本所采用的歌唱者编制不同，大多数只由女性来歌唱，但笔者分析的版本有男性歌者加入。歌者们的演唱配合舞者的表演，颂唱着故事背景或角色对白，佳美兰

① 维基百科：https://wiwiwiki.kfd.me/wiki/巴厘语
② 维基百科：https://wiwiwiki.kfd.me/wiki/巴厘语
③ 翻译自 Norbert Shadeg. *Balinese-English Dictionary*，Tuttle Publishing，2014.

乐队则演奏着支声旋律。接下来，笔者将以表格（表3）的形式对歌唱部分的唱词进行展示与翻译，在表格后会以五线谱的形式进行记谱，并加以分析。

表3 巴厘《罗摩衍那》舞剧唱词及故事背景

序号	场景	歌词原文	中文翻译	故事背景
Ⅰ	罗摩与悉多	Ri sedek sang Rama Dewa, Di taman Ida mabawos, sareng Dewi Sita, Kairing antuk Truna Laksmana.	当罗摩在罗什曼那的陪伴下，在花园游玩时。	罗摩、悉多和罗什曼那将要被流放至森林长达14年。他们在檀陀迦花园中赏玩美景。
		Piriang kunang lawas ira, Sang Rama mengemban Istri, Ring Nandaka Taman, Angeton kahayon sarwa sari.	罗摩曾无数次，在檀陀迦花园，与妻子共同观赏娇艳盛开的花朵。	
		Manawi saking Dewata, Wisnu Seri manumadi, Dewi Sita ngucap, Ring Sang prabu Ramadewa.	悉多对罗摩国王说："或许是因神灵庇佑，毗湿奴陛下得以转世重生。"（注：罗摩是印度教三大主神之一毗湿奴的化身。）	
Ⅱ	金鹿	Beli agung Ramadewa, Juk Kidange punika, Yan ten keniang Kidang emas, Ten urungan tityang lampus,	"我的夫君罗摩，抓住那只鹿！如果我得不到它，我将死不瞑目。"	悉多很伤心，并央求罗摩。悉多很想得到金鹿，金鹿实为马里卡的化身。（注：千面魔王马里卡是魔王罗波那的弟弟。）罗摩允诺了悉多的请求，即刻出发追捕金鹿。
		Da adi manyebetang, Bli tuare mangewehang, Ngaliang adi kidang emas, Jumah adi jua melungguh.	"爱妻别伤心，这对你的夫君来说小事一桩。我会在爱妻的住处，为爱妻抓住那只金鹿。"	
		Laksmana kanikayang, Mangemit Dewi Sita, Satuduh tan purun tulak, Sang Rama raris lumaku	罗什曼那受兄长之托照顾悉多，不敢推脱。罗摩即刻出发。	
Ⅲ	罗波那绑架悉多	Ampurayang iwang Tityang beli, Dewi Sita mematbat, Raris tityang matinggal,	悉多简略地说"夫君，原谅我犯下的错误，我离开了。"（注：故事背景为悉多被魔王罗波那掳走了。原因为自己没有听丈夫的话待在划定的区域内，跑出划定的圈，所以自己给丈夫带来了麻烦，成为了丈夫的累赘。）	杀死化身为金鹿的马里卡后，罗摩匆忙返回林中小屋。途中遇到本应在照顾悉多的弟弟罗什曼那。原来悉多已经不在林中小屋里了。罗摩和罗什曼那追悔莫及。
		Kudiang jani dija ruruh sang Dewi, De lek buyar adnyana, Suka idepe lampus,	"现在如何是好，我去哪里找悉多？忍受这般耻辱，与死无异！"	

序号	场景	歌词原文	中文翻译	故事背景
		Ngiring mangkin memarga mangda gelis, Kagiat cihna ring awang, Sekar dewi Jenaki	"走吧！立刻出发，早日找到悉多。"（悉多又被称为悉多花朵）（注：印尼传统中常将女性比作花朵。）	
		Singgih beli sampunang nyesel raga, Reh dum titah wastanya Lilayang maring hati	"哎呀！夫君别懊恼！这就是命运吧。勇敢接受它！"	
IV	遮多俞	Ih Regawa sampunang parikosa, Tityang Jatayu lara, Kantin Sang Dasa Rata.	"罗摩啊，你不用强迫自己，我神鹰正感悲伤，我是十车王（罗摩父亲）的朋友。"	在寻找悉多的路途中，罗摩和罗什曼那遇见了金翅鸟，此神鹰名唤遮多俞。神鹰是罗摩父亲十车王的朋友。神鹰解释说悉多已经被魔王罗波那掳走，且已经飞至楞迦城（现为斯里兰卡）。因神鹰对罗摩的忠诚，罗摩将它的灵魂送至天堂。
		Sang Janaki kehawa ring angkasa, Pandung awelat kara, Rahwana dusta.	贪婪无度的罗波那将悉多掳走，悉多被挟飞上天。	
		Ih Jatayu mitra kasih inguang, Mati ngetohan urip, Swargaloka dinunung.	"遮多俞（金翅鸟的名字），我的好伙伴。你战死沙场。你的灵魂会通向天堂。"	
V	最后的战斗	Kerura ambeking yuda, Kasore antuk sang Rama, Bali tiba wenara awor, Sama sedih kasih asih.	战火肆虐，波林被罗摩击败，波林的王室就此覆灭，一片伤感。	罗摩在神猴哈努曼的帮助下与苏耆利婆结盟。苏波林和苏耆利婆是猴国的兄弟，双方争夺王位和女人。罗摩最终击败苏波林。大家都很难过。苏波林去世之前，将自己的神力起死回生咒传给自己的孩子安格达。
		Singgih ratu sang Prabhu, Lalis mancut urip ingsun, Jatma nista tanpa dosa, Laran itian kadi mangkin.	"陛下，取走我的性命吧。无罪之辱，这般痛苦。"	
		Uduh cening Anggada, Terimanan paweh bapa, Pancasona lintang pingit, Bapa pamit ninggal cening.	"唉！我的孩子安格达，接受我的赠予吧，超自然的起死回生咒，父王先走一步了。"	
VI	楞迦城的侍女们	Inge-inge sada nayong, Inge-inge sada nayong, Kenyem manis ngemu madu, Alise madon intaran.	步履翩翩，步伐蹁跹，笑意盎然，如含蜜饯，柳叶眉弯。	各位官娥/官仆和特莉迦塔在楞迦城的公园陪伴悉多。（此部分歌词仅为表现各位官娥的美貌。）
		Sing jalan-jalan nyalempoh, Sing jalan-jalan nyalempoh, Pamulune nyandat gading Raga lempung magoleran.	步履袅娜，步伐缱绻，肤若凝脂，身形婀娜。	

序号	场景	歌词原文	中文翻译	故事背景
		Inge-inge sada nayong, Inge-inge sada nayong, Tayunganne lemet malengking, Cokore maros mangundang.	步履轻柔，步伐姗姗，翩翩起舞，无瑕光洁。	
VII	哈努曼遇到悉多	Sampun rawuh ring alengka mangkin, Dewi Sita keaksi, Ri kala sedih.	"已经抵达楞迦城，看到了悉多，她正黯然神伤。"	叙述神猴哈努曼来到楞迦城悉多所在的公园，他看到悉多正黯然神伤。随后哈努曼将罗摩的信物戒指交给悉多。悉多也将花朵交给哈努曼，以此证明哈努曼履行了身为罗摩忠实仆人的职责。
		Singgih Ratu tityang rawuh menangkil, Pinaka dutan Ida, Sang prabu Ramadewa.	"我作为国王罗摩的特使，来面见王后。"	
		Niki cihna ali-aline nguni, Ambil Ratu durusang, Dewi Sita menyawis.	"这是王之前的戒指，作为信物，请王后收好。"悉多回答道：（注：悉多回答在下一部分。本单元格内为哈努曼所言）	
		Niki buat buktin cening memargi, Saking asih magusti, Hanoman matur raris.	"这作为你圆满完成使命的证明，感谢你对国王的忠诚。"哈努曼回答道：（回答内容在下一部分，此单元格内为悉多所言）	
		Singgih Dewi tityang mepamit mangkin, Durusang ratu melinggih, Hanoman tur mepamit.	"我先告辞了悉多，王后您留步，哈努曼先走一步。"	

Ⅰ.谱例1。该段旋律共有三段歌词构成，每段歌唱又可分为四句，第一句有15拍，结束音落在 ɔ（D）音上。第二句有17拍，结束音落在低音 ﹨（A）音上。第三句有12拍，结束音落在 ʔ（E）音上。第四句有8拍，结束音落在 ɔ（D）音上。除第三句与第四句之间在 ɔ（D）音上做了一个5拍的小连接外，每句的开头均为 ʔ—0—﹨—0—ʔ（E—#G—A—#G—E），构成了一个典型的大三度+小二度+大三度的度数特征，在听觉上形成了一个弧线型（∧）走向，四句串联起来便形成了波浪式的旋律线条。该段旋律的最高音为小字一组 ﹨（A）音，最低音为小字组 ﹨（A）音，音域相差一个八度。从歌词的角度来看，三段歌词的句尾大多相同，其中第一段和第三段歌词中的第一、三、四句均以元音a为结尾（第三段的第三句"cap"中的"p"不发音）。第二段的第一、三句以元音a为结尾，第二、四句以元音i为结尾。

谱例1：罗摩与悉多场景旋律

Ri se dek sang Ra ma De wa, Di ta man I da ma ba wos,
Pi ri ang ku nang la was i ra, Sang Ra ma men gem ban I stri,
Ma na wi sa king De wa ta, Wis nu Se ri ma nu ma di,

sa reng De wi Si ta, Kair ing an-tuk Tru na Lak sma na.
Ring Nan da ka Ta man, An-get-on ka hayon sar-wa sa ri.
De wi Si tan gu cap, Ring Sang pra bu Ra ma de wa.

Ⅱ.谱例2。该段旋律由三段歌词构成，每段歌词也可分为四句，第一句有8拍，结束音落在♩（E）音上。第二句有7拍，结束音落在♩（D）音上。第三句有8拍，结束音落在♩（A）音上。第四句有9拍，结束音落在♪（♯G）音上。除第二句与第三句之间插入一个♩（A）音外，每句的结尾音都与后一句的首音相一致，形成了"鱼咬尾"的旋律特征。这一段旋律的音域明显高于第一段旋律，最高音已到小字二组的♩（D）音，最低音为小字一组的♩（D）音，音域亦相差一个八度。从歌词的角度来看，这三段歌词的第一、二句均以元音a结尾，但第二段和第三段的第一句在元音a的基础上变成了韵母ang。三段歌词的第三句虽均以辅音字母结尾，但辅音的发音较轻，仍以前面的元音a为重音。三段歌词的第四句均以元音u结尾。

谱例2：金鹿场景旋律

Beli a gung Ra ma de-wa, Juk Ki dange pu ni ka, Yan ten
Da a-di ma nye be tang, Bli tuare man ge we hang, Nga li
Laksmana ka ni kayang, Man ge mit De wi Si ta, Sa-tu

ke niang Ki dang e mas, Ten u run gan ti tyang lam pus.
ang a-di ki dange mas, Ju mah a di ju a me lung guh.
duh pu-tan run tu lak, Sang Ra ma ra ris lu ma ku.

Ⅲ.谱例3。该段旋律共有四段歌词构成，每段歌词可分为三句，第一句有13拍，结束音落在♩（♯C）音上。第二句有8拍，结束音落在♩（D）音上。第三句有11拍，结束音落在♪（♯G）音上。这一段的三句旋律也采用了"鱼咬尾"技法，即前一句旋律的结束音和下一句旋律的第一个音相同。这一段旋律的音域也相对较高，最高音为小字二组的♩（♯C）音，最低音为低一个八度的小字一组的♩（♯C）音。从歌词的角度来看，前三段歌词的第一句均以元音i结尾，只是第三段第一句在元音i后面加了一个短小的s音。四段的第二句除第二段和第四段完全以a结尾外，第一段的bat和第三段的韵母ang也都是建立在元音a的基础上。第三句歌词也均以元音结尾，第一段为韵母ai，第二段结尾虽为辅音字母s，但发音较轻，仍以元音u为主要发音，第三段和第四段为元音i。

谱例3：罗波那绑架悉多场景旋律

Ⅳ.谱例4。该段旋律共有三段歌词构成，每段唱词又可分为三句，第一句有13拍，结束音落在♩（♯C）音上。第二句有8拍，结束音落在♩（E）音上。第三句有11拍，结束音落在♩（♯G）音上。此段旋律每句的节拍数与第三段每句的节拍数相同，且第一、三句的落音也相同。此段旋律是金翅鸟王为救悉多，与罗波那大战后受重伤，临死之前对罗摩诉说的话语，演唱者用哀婉、甚至略带哭腔的声音来表现悲伤的气氛。另外，在唱词中提及悉多已经被魔王罗波那掳走，为了与第一段悉多出场时所唱的旋律相呼应，此段旋律的第一句与Ⅰ中的乐句保持同头，这种重复的创作方式容易勾起回忆，从听觉感官上将观众拉回到之前的情节中。这一段旋律的音域，最高音为小字二组的♩（♯C）音，最低音为低一个八度的小字一组的♩（♯C）音。从歌词的角度来看，前两段歌词的每句结尾相同，均为元音a。第三段歌词则完全不同，第一句和第三句分别为韵母ang和ung，第二句结束虽为字母p，但p在发音时为闭口音，因此以元音i为重音。

谱例4：遮多俞场景旋律

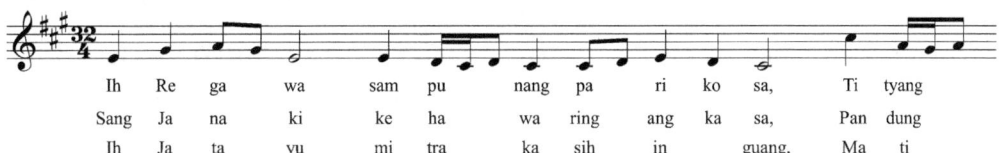

Ⅴ.谱例5。该段旋律共有三段歌词构成，每段唱词又可分为四句，第一句有5拍，结束音落在 ♪（D）音上。第二句有8拍，结束音落在 ♪（♯C）音上。第三句有7拍，结束音落在 ♪（D）音上。第四句有12拍，结束音落在 ♪（♯G）音上。此段旋律是配合猴王苏波林战死的情景而颂唱，演唱者亦用哀婉的声音来传达着悲痛情绪。这一段旋律的音域，最高音为小字二组的 ♪（D）音，最低音为小字一组的 ♪（♯C）音，相差九度。从歌词的角度来看，第一、三段前两句歌词均以元音a为结尾，而第二段的前两句以元音u为结尾。第三句则各不相同，第一段以元音o结尾，第二段以元音a结尾，第三段虽以辅音t结尾，但为闭口音，因此以元音i结尾。第四句的结尾音均建立在元音i上，第一段结尾h不发音，第二段为前鼻韵母in，第三段为后鼻韵母ing。

谱例5：最后的战斗场景旋律

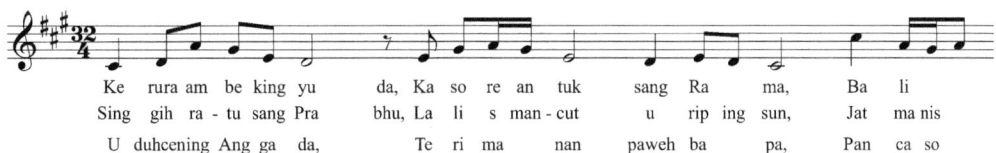

Ⅵ.谱例6。该段旋律仅有20拍，由三段歌词构成，每段唱词又可分为三句，第一句有8拍，结束音落在 ♪（♯C）音上。第二句有8拍，结束音落在低音 ♪（♯G）上。第三句有4拍，结束音落在 ♪（♯C）音上。此段旋律与前面五段的风格不同，该段

旋律是为楞伽城的侍女们表演纯舞蹈部分的伴奏音乐，音型密集、节奏较快、音响轻盈，展现了楞伽城侍女们优美的舞姿。从落音来看，第一、三句核心旋律落于 ∩（#C）音，第二句核心旋律落于 ∪（#G）音，相当于实际音高的 #C—#G，为纯五度。在旋律运行中，对 ∩（#C）和 ∪（#G）音也是格外的强调，其中 ∩（#C）的出现次数最多，∪（#G）音其次。此段歌词全部使用形容词，来描述女性的婀娜多姿，无实质的叙事词，有些类似于中国《诗经》中的《蒹葭》。

谱例6：楞迦城的侍女们场景旋律

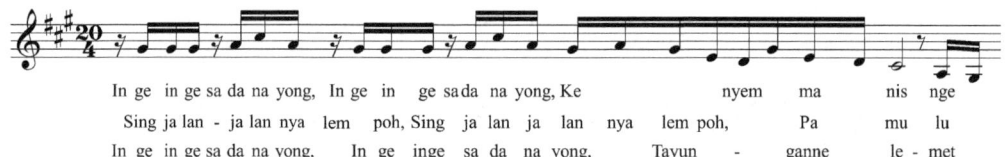

In ge in ge sa da na yong, In ge in ge sa da na yong, Ke   nyem ma   nis nge
Sing ja lan - ja lan nya lem poh, Sing ja lan ja lan nya lem poh,   Pa   mu lu
In ge in ge sa da na yong,   In ge in ge sa da na yong,   Tayun - gan ne   le - met

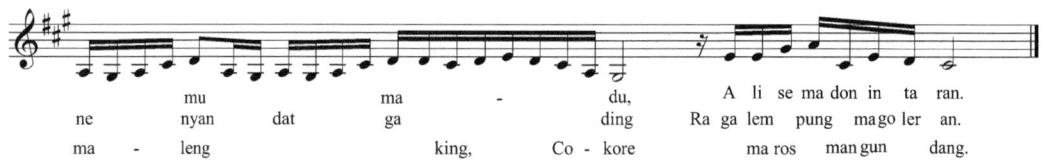

ne   mu nyan dat ga   ma - du,   A li se ma don in ta ran.
          nyan dat ga   ding   Ra ga lem pung ma go ler an.
ma - leng   king,   Co - kore   ma ros man gun dang.

Ⅶ.谱例7。该段旋律共有五段歌词构成，每段唱词又可分为三句，第一句有13拍，结束音落在 ∩（#C）音上。第二句有8拍，结束音落在 ?（E）音上。第三句有11拍，结束音落在 ∩（#C）音上。这一段旋律的音域，最高音为小字二组的 ⌒（D）音，出现在结尾处的六拍中，最低音为小字一组的 ∩（#C）音，相差九度。在前六段的结尾部分，均为下行行进至低音结束，但此段旋律非常罕见的在小字二组的高音 ∩（#C）音上结束，将结尾句扬上去。当然，与前六段多为悲伤、哀婉的情节不同，这一段的情节为神猴哈努曼来到楞迦城与悉多相遇，并将罗摩的信物戒指交给悉多，以示罗摩将会来营救悉多，给予悉多希望。因此，将结尾句推向高音结束，暗示着胜利即将来临。

谱例7：哈努曼遇到悉多场景旋律

Sam - pun ra wuh ring a   leng ka mang kin, De -
Sing   gih Ra tu ti tyang ra wuh me nang kil, Pi -
Ni ki cih na ali a line ngu ni, Am bil Ra tu du ru sang, De
Ni ki bu at buk - tin   cen ing me mar gi, Sa
Sing   gih De wi ti tyang me pa mit mang kin, Duru

wi	Si	ta	keak	si,	Ri		ka	la	se	dih.
na	ka	du - tan	I	da,	Sang	pra	bu	Ra	ma de	wa.
wi	Si	ta						me	nya	wis.
king	a sih ma		gus	ti,	A	no	man	ma	tur ra	ris.
sang	ra tu me		ling	gih,	A	no	man	tur	me	pa mit.

　　总的来说，歌唱部分的旋律均具有缓慢、柔美、蜿蜒的特征。它们的音域较窄，最大为九度，最小为同音一度。纵观这七段旋律，最低音为小字组的╲（A）音，最高音为小字二组的⌒（D）音，通篇在小字一组的音区徘徊。从旋律本身来看，作曲家将仅有的5个旋律音（A—#C—D—E—#G—A）以波浪式的形态排列进行，因此音与音之间的跨度不大，向上行进几度后又转为下行，在听觉上有一种蜿蜒曲折线条感。七段旋律中，以#G为结束音的段落最多，通常表现悲伤的气氛。而以#C为结束音的段落，通常表现乐观的情绪。另外，节奏也不算复杂，多以♩、♫、♫等节奏型出现，节拍较为缓慢，因此歌唱者在演唱时需要较长的气息来控制乐句的停顿。

第三章

印尼巴厘《罗摩衍那》舞剧的音乐与戏剧之关系

第一节　巴厘戏剧表演概述

尽管巴厘岛仅是印尼成千上万个岛屿中的一座小岛，但巴厘的戏剧却在世界戏剧领域中闪着耀眼的光芒。20世纪30年代，法国戏剧理论家安托南·阿尔托（Antonin Artaud）的"残酷戏剧"将巴厘传统戏剧视为理想范式，他希望把西方戏剧重新拉回到传统而无形的"纯戏剧"中。自此之后，巴厘戏剧开始引起西方，特别是西方人类学家的广泛关注。"阿尔托把巴厘戏剧作为参照物，发现西方戏剧纯粹是话语的，并不了解戏剧之所以为戏剧的特点，即舞台空间里的一切，如运动、形式、颜色……"[①]阿尔托之所以认为巴厘传统戏剧是完美的，在于巴厘传统戏剧表演具有某些宗教仪式性，使表演与生活融为一体，他希望西方现代戏剧也能回归到文学与宗教早期的重叠区域——仪式与戏剧。"这样做，将戏剧通过动作、声音、颜色、造型等等形式的表达潜力联系起来，这就是恢复戏剧的原始目的，恢复它的宗教色彩和形而上学，使它与宇宙和解。"[②]我们姑且不谈阿尔托的戏剧理想合理与否，就巴厘传统戏剧具有仪式性这一特点早在印度教传入巴厘之前，便已具有。巴厘传统戏剧一直作为宗教仪式中的一部分生存着，直到现在，巴厘的一些戏剧还在表演被神灵附体的场景，许多戏剧甚至是专门为神灵而准备的。为了方便"神灵们"观赏，巴厘的戏剧表演很少置于封闭的空间，通常都是在开放的广场上，因此对于当地人来说，戏剧是一种自然之物，而不是人之所为。

"在巴厘，戏剧演出没有固定的舞台，换句话说，在巴厘，处处都是舞台。街头、墓地、寺庙庭院、宫廷，随时随地都能上演。在大多数情况下，舞台的地方就是光光的泥地，只在少数演出中根据需要铺上棕榈树叶；舞台的顶面就是天空，或是一棵巨

---

① 梁燕丽：《全球化语境下的跨文化戏剧》，《戏剧》（中央戏剧学院学报）2008年第3期，第90页。
② 〔法〕安托南·阿尔托：《残酷戏剧·戏剧及其重影》，桂裕芳译，中国戏剧出版社，1993，第65页。

树的树冠，整个舞台沐浴在阳光或细雨之中。如果戏剧是在寺庙或宫廷上演，那么寺庙或宫殿的门洞或者通向门洞的石阶就称为舞台天然的装饰物。"[①]

这种将戏剧置于自然之中的方式，使巴厘人将艺术与宗教、生活很自然地融为一体，无法割裂。巴厘传统戏剧的内部更是一个不可分割的整体，舞蹈、音乐、表演等元素缺一不可。例如，在民间戏剧阿加（Arja）中，"马索拉（Masolah）"一词指的便是舞蹈、戏剧和唱歌合而为一的角色，也就意味着表演者既要演唱，又要舞蹈，同时还要演戏。我国学者张玉安也写道："东南亚的民族表演传统中没有以说话为主的话剧，没有以歌唱为主的歌剧，也没有以舞蹈为主的舞剧，其表演形式多半是又诵、又唱、又白、又舞、又演，同时还有音乐伴奏，有相当复杂的戏剧因素和表演手段。"[②]巴厘许多著名舞蹈家，常常表演戏剧，甚至在排练时，若有某位乐手临时请假，舞者还要参与进乐队敲击佳美兰。可见，巴厘的音乐、舞蹈、戏剧是相通的，艺术家需要同时具备多种技能，才能适应巴厘的音乐社会生活。虽然巴厘有多种戏剧类型，但无论何种戏剧类型均带有舞蹈和音乐，巴厘的舞者同时兼具着戏剧演员的身份，戏剧演员必须会跳舞。因此，巴厘传统戏剧亦可称为舞剧。作为巴厘近代戏剧的代表——"舞剧"（Sendratari）更是巴厘舞蹈与戏剧形影不离的典型例证。从其名称来看"Sendratari"即是由 Seni（艺术）、Drama（戏剧）和 Tari（舞蹈）三个单词结合而成。巴厘舞剧以形体语言为主，舞者在台上用动作、手势、表情、眼神等传达着剧情，而佳美兰音乐则控制着舞蹈的结构与节奏。舞蹈、音乐、唱词三者合而为一，让观众从视觉、听觉甚至上升到精神层面同时感受舞剧所要传达的内涵。

通过以上的论述，可对巴厘舞剧的戏剧表演略知一二。作为上演次数最多、最受欢迎的巴厘《罗摩衍那》舞剧，在某一方面它依然遵循了巴厘传统戏剧的模式，但另一方面它又推陈出新，融入时代元素和西方审美特征，形成独特的戏剧形式。接下来，笔者将从三个方面入手，对这部舞剧的戏剧表演进行概述。

一、剧本特征

印度蚁垤先人的《罗摩衍那》分为七篇，印尼最早的罗摩故事文本——格卡温诗体的《罗摩衍那》在情节上与蚁垤的版本大致相同，但格卡温诗体版本分为26章。巴厘《罗摩衍那》舞剧的前身爪哇《罗摩衍那》舞剧，便是以格卡温诗体的版本改编创作的，且巴厘有关罗摩的戏剧大都取材于格卡温诗体《罗摩衍那》，本书的研究对象

---

① 姚冰：《巴厘戏剧与西方现代派戏剧》，厦门大学硕士学位论文，2002，第6页。
② 张玉安：《罗摩戏剧与东南亚民族表演艺术》，《东南亚研究》2004年第5期，第85页。

巴厘《罗摩衍那》舞剧的原始素材亦来源于格卡温诗体。

"格卡温诗体《罗摩衍那》是巴厘戏剧取之不尽的源泉。史诗的片段是有限的，但可以反复再现的创意是无限的。"[①]但若想将如此庞大、如此复杂的印度史诗以巴厘舞剧的形式展现，既要充分叙述故事内容，又要符合当代民众的审美倾向，着实有难度，所以作者根据现代观众的观赏喜好，在剧情方面做了压缩与调整。故事的开场直接为罗摩被放逐，将与妻子悉多和弟弟罗什曼那前往檀陀迦森林中生活，省略掉之前角色的出身及被流放森林原因等情节。将故事的核心集中在罗摩王子在哈努曼等猴子大军的帮助下，打败罗波那营救妻子悉多这条主线上。在不影响剧情发展的前提下还省略了许多情节，比如：罗波那之妹首哩薄那迦追求罗什曼那不成，反被削鼻受辱；罗波那之弟维毗沙那弃暗投明，帮助罗摩战败罗波那，等等。

这些情节在其他巴厘传统广义舞剧《罗摩衍那》表演中均有呈现，如人偶戏。但传统戏剧每次仅演出其中的片段，且为即兴表演，演员们仅有一个固定的框架，舞蹈、对白、音乐在这个框架的基础上进行自由发挥。而巴厘《罗摩衍那》舞剧则借鉴了西方戏剧的叙述方式，即"摹仿说"和"情节整一"的戏剧叙述观念。即兴空间较小，剧本、舞蹈、肢体动作、音乐等都已有固定，每场演出几乎无变化。

"西方传统戏剧叙事之'摹仿说'和戏剧'情节整一'的戏剧叙事观念是贯穿整个西方传统戏剧叙事理论的一个美学原则。西方传统戏剧叙事理论正是抓住了舞台戏剧的最关键要素、戏剧中最活跃的要素——情节，并将其毫无保留地呈现给观者，凭借整一的戏剧情节以产生舞台幻觉和情感共鸣的戏剧性，从而产生惊心动魄、震撼人心的戏剧效果。"[②]

"从美学角度说，戏剧表演的程式化不追求写实和逼真，而讲究和突出舞台和表演程式的形式美。"[③]

陪拉沙先生从庞大的史诗中提炼出一条精练的情节，把复杂情节中的语言、行为、思想、情感等加以分类和归纳，将舞剧程式化，这也是巴厘《罗摩衍那》舞剧与其他传统戏剧相区别的一大特征。

二、妆容服饰

巴厘《罗摩衍那》舞剧中角色的性别划分十分明确，不会出现传统巴厘戏剧中

① 张玉安、裴晓睿：《印度的罗摩故事与东南亚文学》，昆仑出版社，2005，第269页。
② 李小刚：《探究西方戏剧叙事理论的发展脉络——评〈西方现代戏剧叙事转型研究〉》，《云南财经大学学报》2018年第2期，第1页。
③ 张玉安：《罗摩戏剧与东南亚民族表演艺术》，《东南亚研究》2004年第5期，第87页。

"雌雄同体（Bebanci）"式的模糊性别[①]。在该舞剧中，男性角色（罗摩、罗什曼那、罗波那、马里卡、因陀罗耆、楞伽城士兵）通常为国王或勇士一类的威猛形象、女性角色（悉多、特莉迦塔、楞伽城侍女）通常为公主或女仆一类的温婉形象、动物角色（金鹿、金翅鸟王、哈努曼、苏耆利婆、苏波林、猴子士兵）通常为灵活或力大无穷的拟人形象。

这些不同的角色也会配以不同的妆容与服饰，来增强舞者的角色身份感。在化妆方面，该舞剧依然沿用了巴厘传统戏剧的妆容，但会有些许的改变。人类角色不戴面具，仅化妆，动物角色却要带着夸张的面具。女性角色的妆容非常浓重，粉底不仅涂于面部，连肩膀、背部、颈部、手臂等，只要裸露在外的皮肤均要涂满，以至于比原始肤色增白两度。脸颊上涂抹明亮的粉红色腮红，眉毛被画的又黑又长，通常要比舞者本身的眉毛画得高，眼睛会被画上三种颜色——眉毛下端为黄色，中间为粉红色和眼睑上方为蓝色。通过眼影和眼线笔的渲染，眼睛看起来大而有神，将观众的注意力直接吸引到眼睛上。男演员的眼睛亦为面部妆容的重点，通常在眼皮上画以白色、粉色和蓝色三种颜色，以显示男子的强悍与雄壮。倘若该男性角色为粗犷的反面形象，则在面部涂以红色，来显示他的残忍与恐怖。例如剧中的罗波那和马里卡的面部均为红色打底。

此外，无论是男性角色还是女性角色，眉心处都会贴一个圆心，来模仿湿婆的形象。与传统戏剧的妆容不同的是，巴厘舞剧舞者喜欢描绘鼻子的轮廓，深色的眼影从眉毛内侧开始，一直涂到鼻子两侧，使鼻梁显得更高更窄。通过巴厘舞剧的妆容，可以看出当地人对白皮肤、高鼻梁的偏爱以及西方审美观念的影响。在动物角色中，除金鹿外，其余均带有面具（因金鹿为马卡里的化身，其他为真实动物）。动物面具中不论是正义角色还是反面角色均制作得十分夸张，以显示人类与动物角色之间的区别。例如猴神哈努曼虽为正派形象，但有着大而凸出的眼睛、张开的嘴巴外面露着可怕的獠牙，令人畏惧。

在服饰方面，巴厘《罗摩衍那》舞剧的角色依然身着巴厘传统服装，但与传统戏剧相比舞剧的服饰更为精致、华丽。对于女性角色来说，舞者的上半身被一个长15米左右的布紧紧的缠绕，下半身被长约2米的布包裹，称为"卡姆本（Kamben）"，一直延伸到舞者的脚踝，腰部系一条长带子称为"萨布（Sabuk）"，她们用的布料称为

[①] "在传统的巴厘戏剧中，某种舞蹈风格被严格的规定为男性的或女性的，二者之间模糊的部分为第三种风格，即所谓的雌雄同体（Bebanci）"——〔美〕利萨·戈尔德：《巴厘岛音乐》，于晓晶、郑隽逸译，管建华审校，江苏凤凰教育出版社，2016，第128页。

"布拉达（Prada）"，这种巴厘传统面料将腰部紧紧勒住，以凸显出女性的身材。在该舞剧中，两位女性角色的上身均身着金黄色，但下半身的颜色却不同，以辨别身份：悉多的下半身为绿色，特莉迦塔的下半身为玫红色。楞伽城的仕女们上半身为蓝色，下半身与特莉迦塔一样也为玫红色。可见，穿着用玫红色"卡姆本"裙的女性均为侍女角色。她们的头上均戴一顶金山似的头冠，称为"崩噶玛丝（Bunga Mas）"，闪闪发亮，全身的颜色十分夺目。

对于男性角色来说，分为两种类型——罗摩和罗什曼那的"温和（Hauls）"和罗波那、马卡里及因陀罗耆的"粗犷（Keras）"。前者上身为半截袖，不裸露肩膀，下半身也缠绕"卡姆本"，但只覆盖到膝盖下侧，露出小腿；后者的服饰装扮是麻喏巴歇时代士兵制服的演变，上身穿着天鹅绒的夹克，下身为白色棉质裤子，脚踝处裹着被称为"施特维勒（Stewel）"的天鹅绒裤脚。除此之外，身上还加以许多布料装饰，以创造出身形庞大的效果。这些装饰都有各自的名称，手臂上的臂带称为"格朗卡纳（Gelang Kana）"，胸前垂下来的长款飘带称为"拉玛卡（Lamak）"，腰部系以雕花皮带称为"阿木伯克（Ampok-Ampok）"，等等。戏剧化的装扮使巴厘舞剧中演员的角色感增加，加强了戏剧角色的刻画和戏剧情节的表达。

三、舞蹈动作

在舞剧中，表演形式最重要的构成要素即为舞蹈动作。"舞蹈动作是经过艺术提炼、组织和美化了的人体动作，来源于对人的各种生活或情感动作以及大自然各种运动形态的模拟、变形与加工。"[1]巴厘舞剧亦如此，舞蹈动作更是作为戏剧表达的媒介之一，承载了剧情的传达与情绪的渲染等作用。

巴厘的儿童在学会走路之前，要先学会手部的舞蹈，正式训练从7岁开始。在训练中，十分强调动作与佳美兰产生的密集节奏相配合，面部、眼睛、手臂、臀部和足部的多个不同关节点要协调一致，以反映音乐中不同层次的敲击声。巴厘传统舞蹈具有灵活、动态、表情丰富和戏剧表演的特点，主要以四种动作类型的结合构成舞蹈，即阿格姆（Agem）、唐当（Tandang）、唐克斯（Tangkis）和唐卡（Tangkep）。

第一，阿格姆（Agem，图11）。这是巴厘传统舞蹈的基本姿势。"阿格姆是一个舞者呈现他（她）性格类型的第一个姿势。"[2]其为双腿分开屈膝站立，躯干的重心完

---

① 王克：《浅谈斯坦尼斯拉夫斯基戏剧表演理论体系中"行动"在舞剧表演中的运用》，《北京舞蹈学院学报》2017年第6期，第90页。

② 〔美〕利萨·戈尔德：《巴厘岛音乐》，于晓晶、郑隽逸译，管建华审校，江苏凤凰教育出版社，2016，第136页。

全落于一侧。肘关节架起，与肩平行，双手抬高与双耳平行，手指张开。手腕带动小臂先升高，接着再降低，以显示手部的柔韧性。当肢体运动时，躯干与手臂的移动方位相反：倘若手臂向右转动，躯干的重心便向左移动，反之亦然。当然，男、女舞者在动作方面是有明显区分的。女性舞者的双腿虽呈弯曲状，两腿不会分得太开，双脚呈丁字步（但并非如芭蕾舞般紧挨在一起，而是两脚间稍有空隙），脚趾向上翻起，臀部翘起，胸腔前倾，背部呈现拱形；男性舞者的双腿呈弧形，两脚远远分开，双肩向上耸起，双臂抬得很高，手部动作更加明显，给人一种力量感。

图11　女士阿格姆[①]

　　第二，唐当（Tandang）。这是巴厘传统舞蹈移动时的舞姿。它分为三种类型："甘冈-甘当（Gangang-gandang）""玛勒帕勒（Malpal）""纳友（Nayog）"。"甘冈-甘当"是一种缓慢地移动，舞者双手伸出并举至肩膀同高，手肘略微弯曲。"玛勒帕勒"是一种快速的移动，跳该动作时腿呈菱形，一只脚跟向上抬起，与另一只腿的膝盖相平行。胸部和肩膀向上拔起，躯干向上保持静止。"纳友"也是一种慢速移动，每一步都是由脚轻微的旋转开始，接着身体随之向前移动，同时轻轻地摇摆。

　　第三，唐克斯（Tangkis）是一套非常精致的连接动作，即从一种静态姿势到另一种静态姿势的转变。除独立表演外，它还常作为阿格姆和唐当两个动作的串联动作出现。

　　第四，唐卡（Tangkep）指的是舞者的面部表情和眼部运动。唐卡传达了各种情绪，如悲伤、兴奋、浪漫和紧张。在唐卡中，一个称为"斯里达特（Seledet）"的术语，表演时即为眼睛由一边快速地转向另一边，头部不保持动。[②]

　　除以上四种动作类型外，巴厘传统舞蹈中还有大量的手势语汇，它们有些具有象征意义，有些只是纯动作。这些手语有些源自印度的"姆德拉（Mudras）"，有些源于

---

　　① 图片为作者本人。
　　② 以上四个动作种类翻译整理于 I Gede Arya Sugiartha. "Relation of Dance and Music to Balinese Hinduism", *Journal of Archaeology and Fine Arts in Southeast Asia*，Vol 2，2018.

巴厘本土。"尽管巴厘舞蹈似乎是一系列的运动和休息，但是舞者通过抖动、脚尖朝上、眼睛和头部运动来保持着身体的紧张，这样做既固定姿势也被赋予了生命。"[1]

本书的分析对象——巴厘《罗摩衍那》舞剧，虽然它的创作时间已到了近现代，受众群体也不仅是单纯的印度教信徒，而是面向其他地区甚至是国外游客，但依然可以被称为一部带有些许宗教性质的传统舞剧，原因之一即为其舞蹈方面仍未脱离巴厘传统舞蹈的基本动作。所以，在巴厘舞剧的舞蹈造型上，仍然沿用着巴厘传统舞蹈的肢体动作进行表演。"舞剧（Sendratari）已经成为古典剧目的一部分，经常被描述为'民间舞蹈'，它与人偶戏（Wayang Wong）和木偶戏（Golek）形成了强有力的竞争关系。"[2] "我们今天所见到的舞剧（Sendratari），最早出现于1962年，是陪拉沙（Beratha）的作品。其中包含了其他巴厘岛传统表演的元素，如蕾贡舞（Legong）、勇士舞（Baris）、甘布舞（Gambuh）和人偶戏（Wayang Wong）。……但在某些方面，舞剧（Sendratari）与甘布舞（Gambuh）和民间戏剧（Arja）仍有不同，舞剧中的舞者不歌唱。"[3] 但是，与纯舞蹈不同的是，舞剧中会带有许多戏剧表演的成分，用肢体动作表现角色的情感，具有语义性。接下来，笔者将按照巴厘《罗摩衍那》舞剧中角色的出场顺序，分别释义角色们常用的舞蹈动作内涵（表4）。

表4　巴厘《罗摩衍那》舞剧各角色常用舞蹈动作释义表

出场顺序	造型	角色名称（按出场顺序）	舞蹈造型解析
1		罗摩（Rama）	罗摩王子是典型的男性角色，且为正义的形象。在表演阿格姆时，他的躯干直立挺拔，两脚分开大约两拳的长度，双腿微屈膝。上半身挺直，双臂向两侧扩展，肩膀耸起贴近双耳，五指大大张开，表现了男性的英雄气概和力量的象征。

---

① 〔美〕利萨·戈尔德：《巴厘岛音乐》，于晓晶、郑隽逸译，管建华审校，江苏凤凰教育出版社，2016，第136页。

② 翻译自 Felicia Hughes-Freeland. *Embodied communities*：*Dance Traditional and Change in Java*, Berghahn Books, 2008, p.280.

③ 翻译自 Zachar Laskewicz. *Music as Episteme*，*Text*，*Sigh & Toll*，Saru press, 2003, p.30.

出场顺序	造型	角色名称（按出场顺序）	舞蹈造型解析
2		罗什曼那（Laksmana）	罗什曼那亦是男性且正义的形象。作为罗摩的弟弟，除与罗摩相同的男性舞姿外，罗什曼那屈双膝的幅度更大，在形象上要矮于罗摩，以示自身地位低于罗摩。另外，他的舞蹈动作常与罗摩保持一致，是在表示其与罗摩的意见保持一致。
3		悉多（Sita）	悉多公主是女性角色，善良、优雅的形象。女性舞者常常要将躯干的下半部分拱起，突出臀部。收腹挺胸，身体塑造出"S"状，以展现女性的曲线美，该造型在巴厘舞蹈中称为"三道弯"（Cengkek）。另外，在面部表情方面，除了标准的保持嘴唇紧绷的微笑和眼睛睁圆外，悉多要跟随剧情做出喜怒哀乐的表情，如与罗摩在一起时会嘴角上扬，被罗波那抓走时会眉头紧皱，但无论何种表情，都不会露齿，这也是巴厘传统舞蹈中女性角色的特点。
4		罗波那（Rahwana）	罗波那是第一个出场的邪恶形象，为男性角色。他的身型巨大，眼睛睁得大而圆，鼻子也大，声音低沉，在舞蹈动作方面，罗波那比同样身为男性角色的罗摩表情更加夸张、动作幅度也更大。罗波那常常目视正前方，面部呈红色，显出粗犷、邪恶的形象。该形象在巴厘传统戏剧表演的类型中称为"粗犷（Keras）"角色。
5		马里卡（Marica）	马里卡是罗波那的弟弟，亦为男性之邪恶形象。他的舞蹈造型、动作与罗波那一样，面部也呈红色。但他的屈膝幅度更大，特别是出现在罗波那身旁时，个头明显低于罗波那。在与罗波那进行对话时，马里卡时常双手抱拳，呈作揖的动作，有时还要跪于地面，以体现出尊卑身份。
6		金鹿（Kijang Emas）	金鹿是该舞剧中出现的第一个动物角色，它实则为马里卡变身而成。该角色灵活而敏捷，常做出左右跳动的动作。在跳动时，依然保持双腿屈膝，上身直立，双手举至头顶来象征鹿角。

出场顺序	造型	角色名称（按出场顺序）	舞蹈造型解析
7		遮多俞（Jatayu）	遮多俞是一只金翅鸟王，亦为动物角色，动作灵活、敏捷。表演者面部戴以长喙面具。两臂带有翅膀，常常张开，以示飞翔。双脚分开较大，时而单腿站立，时而跳跃。与金鹿的跳动相比，遮多俞通常为上下跳动，而金鹿为左右跳动。
8		猴子士兵（Wenara）	生活在奇斯肯达山洞中的猴子士兵们，以半蹲的姿势和左右轮换脚的跳跃构成它们的基本动作。舞者们主要靠跳跃动作来模仿猴子那灵活、敏捷、调皮的动作习惯。另外，他们的面部时而面向正前方、时而转向两侧、时而跳跃起来瞭望远方，以观察敌人的方位。总之，跳跃是他们的常态。
9		哈努曼（Hanoman）	作为猴神，他虽也会以半蹲和左右跳跃构成其基本动作，但他的半蹲只是屈膝，并未蹲于地面，上身直立，身高远远高于猴子士兵们，以显示其身形之庞大和地位之高。其面部虽戴以獠牙外凸的面具，但颜色为白色，以告诉观众该角色为正义形象。
10		楞伽城侍女们（Dayang-dayang）	楞伽城的仕女们以一段华丽、优美的纯舞蹈登场，该段舞蹈与巴厘的《迎宾舞》（Pendet）极为相似，为典型的巴厘传统舞蹈。舞者们从脚开始向上移动，膝盖弯曲，两脚之间留出较大的空间，脚趾向上翻。身体向右倾斜，左臀随即被推到右边，同时向腹部挺胸，重心完全落于右侧。在胸部向上推，肩膀保持平行时，手臂举于两侧，肘部弯曲，右手推向远方与眼睛呈一条水平线，左手持花篮举于胸前。拇指向内回收，其他四指张开。与此同时，头部也要稍微向右倾斜。右侧完成后，反之再将重心移至左侧。

续表

出场顺序	造型	角色名称（按出场顺序）	舞蹈造型解析
11		特莉迦塔（Trijata）	特莉迦塔是该舞剧中第二个单独出现的女性角色，虽然她是楞伽城的仕女，但却是正义、善良的形象。与悉多一样，同为女性角色，展现了"三道弯"的曲线美。但因是仕女的身份，该角色的屈膝程度加深，身高略低于悉多。
12		楞伽城士兵们（Punggawa）	与优雅、美丽的楞伽城仕女相比，楞伽城的士兵们的面部十分丑陋，巨大的鼻子和外凸的牙齿，并配以凌乱的假发，这样的装扮显示该角色的残忍与粗野。他们的舞蹈动作夸张、怪诞，有时会出现滑稽的左右摇摆动作，同时一只手举于头顶，另一只手与臀部齐平，双手五指张开抖动。
13		因陀罗耆（Indrajit）	因陀罗耆是魔王罗波那之子，亦是邪恶的形象。他带领着与他装扮相同的士兵出场，共同表演着怪诞、笨拙的舞蹈动作。但作为士兵们的首领，因陀罗耆均为站立姿态，接受士兵们的叩拜。

　　每位演员通过舞蹈肢体动作，向观众叙述着故事情节。我们通过观察巴厘《罗摩衍那》舞剧中不同角色的舞蹈动作，便可大致察觉每位角色的性格特征。他们的舞蹈动作、造型依然延续了巴厘传统舞蹈的精髓，在此基础上又经过了现代艺术的加工和提炼，才形成这部巴厘《罗摩衍那》舞剧。即使经过现代艺术的打磨，可巴厘舞剧却始终传达着千年的美德和当地古老的艺术审美。

　　面对世界闻名的西方芭蕾舞，巴厘传统舞蹈与其在动作、重心及审美倾向方面完全是对立的两方面：芭蕾舞追求"开绷直立"，力图脱离地心引力；而巴厘舞蹈却是双腿屈膝，双脚跺入大地。在巴厘印度教中，大地被奉为女神，也是每个人内在的柔性和包容，她可以承载一切。一位巴厘舞蹈演员曾告诉我，巴厘舞蹈就像一株植物，双脚似根，深深扎入地底，为上半身输送着养分。躯干部似茎，上半身和头部像花瓣一样随风而动，手指似叶子一样不断地摆动。眼部的动作也是非常迅速并被严格固定在核心旋律中的某一拍，这种快速而锐利地扫视动作象征了巴厘舞者的威严。巴厘文化中将大地与空气视为一体，仪式中务必要将鞋子脱掉，因为在巴厘印度教中认为穿鞋是对神灵的一种亵渎，因此无论是在巴厘宫廷还是民间，所有的舞蹈都是赤脚表演的。直到现在，巴厘舞者还是会在寺庙、皇宫、房屋庭院那光秃秃的地面上表演。

以上种种表现，都成为巴厘舞剧身上所带的特有标签，也正是因为这些特征，巴厘《罗摩衍那》舞剧才能够自然的传承着印度教的精神内涵，也能够继承着巴厘传统舞蹈的精髓，受到现代观众的欢迎。

第二节　音乐在舞剧中的作用

不同的舞台艺术形式所采取的表现手段不同，歌剧可以用歌唱，话剧可以用说话，唯独舞剧不能像前两者那样直接用语言表达戏剧内容，仅能通过肢体动作来表达各种意向，因此揭示戏剧情节、内容的重担落在了音乐、舞美、服装等其他方面。而作为唯一能发出声音的"音乐"，在其中的作用更加至关重要。"**舞剧——这是一种用音乐写成而又体现舞蹈的戏剧。通过音乐主题素材的变化，通过速度节奏、结构手法和交响乐发展等其他各种因素的变换，显示出剧情的'进展'和'转折'，从而揭示出情节。**"[①]这段引文充分说明了音乐在叙述戏剧情节中的特殊地位。我们通常认为音乐学者只研究音乐，很少涉及舞蹈，反之，舞蹈同样为另一领域的艺术门类。我们当然知道在世界很多地方，舞蹈和音乐交织为一体，就像文学家们说的灵与肉共存，共同为其存在的地方展现相互交融的艺术形式。它们这种结合貌似悖离了纯粹的门类道统，但却让我们看到艺术形式的综合性。著名舞蹈编导巴兰钦曾说"看音乐，听舞蹈"，意思是优秀的舞蹈编导们要会从音乐总谱上想象出舞者舞蹈时的基本动态，通过乐曲的结构构架出舞蹈的结构，通过旋律线条联想出舞者的肢体造型，通过乐曲的配器计算出舞者的空间站位等。所以，好的音乐对于舞蹈来说是成功的第一步。音乐

---

① 〔苏〕万斯洛夫、瓦尔科维茨基：《舞蹈知识十二则》，载《舞剧论文集》，戈兆鸿译，中国舞蹈家协会出版，1984，第5页。

不仅能为编舞的创作提供广阔的空间，为舞蹈编配内容给予创作蓝图与灵感，还能为舞蹈表演者的舞姿注入强有力的艺术表现力，让舞蹈表演变得更加鲜活、具有生命力。例如，俄罗斯作曲家柴科夫斯基有一位长期合作的舞蹈编导彼季帕①。彼季帕在剧本的基础上，严格设计舞蹈结构，将其与音乐结构保持一致，将柴科夫斯基音乐中的旋律、节奏、强弱、配器等因素用舞姿表现出来，将音乐和舞蹈结合到天衣无缝的程度。

作为舞蹈的最高级形式——舞剧，因其要表现复杂的剧情和内容，这就决定了编舞者需运用多种方式来创作。音乐为辅助舞蹈传递戏剧信息，这便要求作曲家不仅要拥有运用复杂、高深的技巧进行音乐创作的能力，还需要作曲家熟悉戏剧、了解舞蹈等其他表演艺术，这样才能创作出与该舞剧所要呈现的内容相贴切的配乐。通常，许多作曲家在创作舞剧音乐时，首先依据剧情内容的需要，其次将自身长期积累的音乐素材进行打磨和提炼，最后形成专属于这部舞剧的配乐。另外，每一段配乐的音响大小、时间长短、节奏快慢都需要与表演者排练后再敲定。这样设计出来的配乐，在风格特征、结构布局、起止时间、情绪气氛等方面才能适应戏剧舞台，更能将人物的性格情绪、剧本的情节内容、舞台的布景气氛等升华到更理想的表达层次。例如，中国芭蕾舞剧《大红灯笼高高挂》中，舞台上幽暗的灯光和破旧的布景，营造出一种民国时期深宅大院的气氛，配合着京剧锣鼓打击乐作为伴奏的背景音乐，一下子把观众拉进一个不寒而栗的封建社会深渊老宅之中。所以，人们也常常把舞剧音乐称为"舞剧跳跃的灵魂"。纵观世界上的经典舞剧，无疑都有着高质量的配乐来支撑，甚至有些配乐超过了舞剧的名气，可单独演奏。例如，俄罗斯芭蕾舞剧《天鹅湖》第二幕中的"四小天鹅"片段，音乐节奏轻快，以八分音符奏出活泼跳跃的伴奏音型来展现小天鹅灵动可爱的形象，现已改编成多种乐器的独奏曲。

与芭蕾舞剧音乐一样，东方传统舞剧音乐在戏剧中也起到了举足轻重的作用，特别是像巴厘舞剧这种音乐、舞蹈、戏剧合为一体、不能割裂的整体艺术，音乐在其中所发挥的作用更是不可比拟，音乐部分不单单是一个配乐，还承担了许多音乐之外的功用。更令人赞叹的是，本书的研究对象巴厘《罗摩衍那》舞剧的音乐部分和舞蹈部分的创作均为陪拉沙先生一人。在巴厘传统艺术教育中，要求学生要同时掌握音乐、舞蹈以及表演皮影戏的技能，这种全面素质直到现代才逐渐分离。多方面技艺的学习使陪拉沙先生成为一位综合实力极强的全能型艺术家，也正因为他一人掌握着舞剧的全方位创作，使整部作品在音乐和舞蹈方面有着极高的贴合度，安排、构思也十分巧

---

① 彼季帕：法国芭蕾演员、编导。19世纪圣彼得堡帝国剧院最著名的编导，被誉为"古典芭蕾之父"。

妙。需要说明的是，舞剧毕竟是戏剧的一种，带有浓重的"剧"的成分，因此这里所谓的"舞蹈"并不完全是纯粹的舞蹈，而是带有较强戏剧成分的肢体动作。接下来，我们就来看看这部巴厘《罗摩衍那》舞剧的音乐在整部舞剧中所起到的作用，并对其中的音乐与舞蹈动作之间的关系做分析与阐述。

一、与舞者互相传递信号

在整部舞剧中，乐队常常使用"一领众奏"的演奏方式，一来与舞者的舞蹈动作相互提示，二来表示特定含义——命令与服从。所谓"一领众奏"，即冈瑟类乐器中的沃噶尔（Ugal）担任领奏，其他乐器与之相和。众奏的部分可纯粹模仿领奏乐器的旋律，亦可用其他旋律相附和。沃噶尔的敲击声（Ngabahin，巴厘语），引领着所有乐器旋律与节奏，控制着整个乐队演奏的气口、强弱、快慢等。具体操作通过图12可见，在一段音乐开始之前，所有乐手的目光移向沃噶尔演奏者，此时沃噶尔演奏者手中的音槌（Panggul，巴厘语），垂直于第一个音键的正上方，以做好准备。图13是由当地音乐家克芒（Komong）老师演示敲击沃噶尔前的准备动作。

目光集中于沃噶尔演奏者　　　手中握着音槌（panggul）准备

图12　沃噶尔领奏[①]

---

① 本人拍摄

右手持音槌在第一个音键的正上方准备

上身保持稳定

左手准备捏住第一个音键，防止较长的延音

图13　沃噶尔演奏者[①]

在沃噶尔演奏者演奏完自己的独奏旋律后，其他乐器准备合奏，此时沃噶尔演奏者便要用重音提示所有演奏者一起加入。通过图14可见，当沃噶尔演奏者将持音槌的手举高，大致与面部水平时，以较大的动作幅度将音槌落于琴键，突然发出响亮的重音，乐手们便一齐进入演奏。图15是由克芒老师演示即将敲击沃噶尔的定格动作。

乐手们等待沃噶尔演奏者发出信号

图14　即将敲击沃噶尔的克芒老师[②]

① 本人拍摄当地音乐家克芒老师演示沃噶尔演奏准备动作。
② 本人拍摄

图15　沃噶尔领奏者在传递信息①

　　以上是乐手之间如何实现"一领众奏"的演奏方式，那乐手与舞者之间是如何配合的呢？以"罗摩捕捉金鹿"的场景为例。此场景较为特殊，因为没有确切的乐句数量，而是乐手们要根据舞者的表演来临时决定何处终止。这就意味着只要台上舞者的表演持续进行，乐手们的敲击就要继续。这时沃噶尔演奏者则再次发挥起重要作用，他必须十分熟悉此段舞蹈，通过观察舞者动作的行进，运用手中的音槌向其他乐手们发出信号，特别是冈瑟类乐器演奏者，通过沃噶尔的信号便知道旋律是继续反复，还是即将停止。同样，舞者更要清楚自己的每一步舞蹈动作，这样才能清晰地向沃噶尔演奏者发出信号，以表示接下来的变化。因此，此段落的完成，对乐手与舞者之间的协作程度要求极高，他们需要大量的前期排练才能形成这种默契度。下方的表5则展示了"罗摩捕捉金鹿"场景中，舞者是如何通过舞蹈动作向乐手们传递信息来结束这一场景的表演的。

---

　　① 本人拍摄克芒老师演示沃噶尔领奏传递信息的动作。

表5　"罗摩捕捉金鹿"场景中的舞蹈动作与音乐的关系

名称	动作释义	对应旋律（谱例8）
Natab Gelung	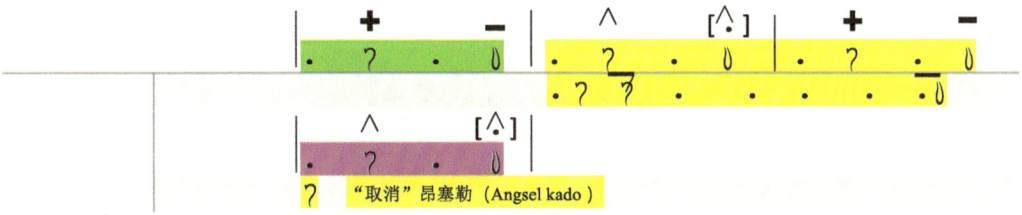 手举至头部，画圆圈	当沃噶尔演奏者看到悉多的手举至头部画圆圈时，开始演奏绿色区域部分，并示意其他乐手。
Natab Kana	双手手指相互触碰手腕	当沃噶尔演奏者看到悉多的双手手指相互触碰手腕时，便开始演奏黄色区域部分，并示意其他乐手在此处加入"取消"昂塞勒。
Miles	脚后跟转向中间	当沃噶尔演奏者看到悉多的脚后跟转向中间时，便开始演奏紫色区域部分。此时已得知舞者即将下台，此段音乐即将结束，示意其他乐手要同时停止敲击。

谱例8：表5中的对应旋律

"一领众奏"还有第二个功能，即表示发出命令与接受指令这层含义。例如，当罗摩向罗什曼那发出命令时，一个典型的姿势为右手的大拇指、食指和中指伸直，无名指和小指缩进手心，做出图16中右侧圈中的手势。而罗什曼那接到命令，表示服从时，便会微微低头，双手合十，做出图16中左侧圈中的手势。这一系列动作配合着特定的音响效果（谱例9）：当罗摩作出指令动作时，伴奏音乐为由1支沃噶尔演奏的蓝色区域部分，接着罗什曼那表演接受命令时的动作，伴奏音乐变为其余乐器齐奏的黄色区域旋律。这种"一呼百应"的演奏方式，配合着特定的舞蹈动作，既突出了罗摩的领导权威，也体现了印度教的等级制度。

谱例9：罗摩作出指令动作时的伴奏音乐

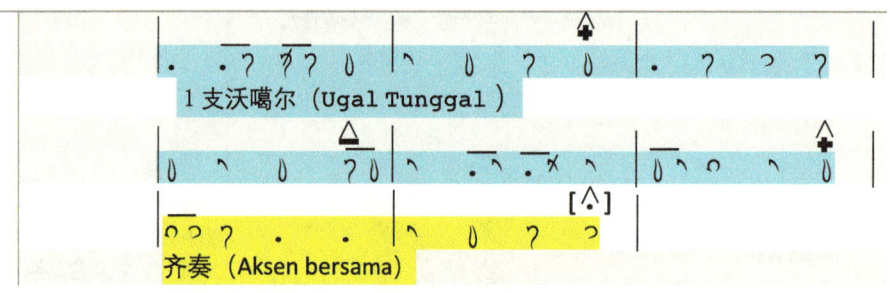

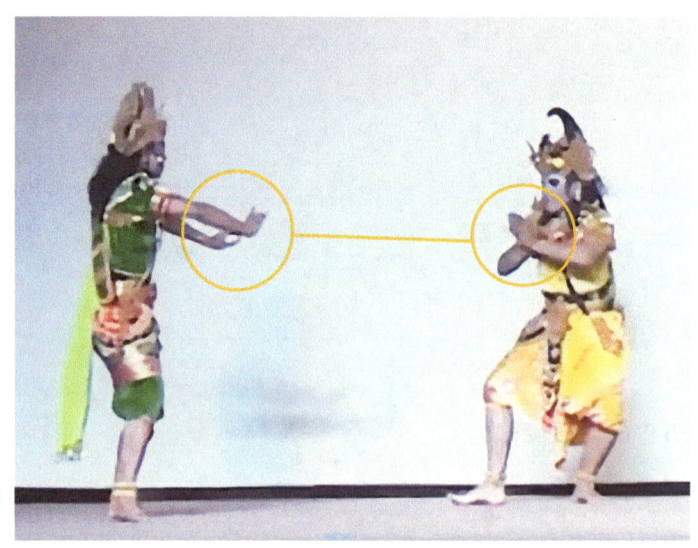

图16　罗摩作出指令动作①

二、塑造角色形象

在舞剧中，对角色外在形象的塑造常常通过演员的表情、服装、配饰或者气质等方面构建，这些直观的形象若再借助音乐的旋律、节奏、音响等元素的衬托，会使角

① 本人拍摄

色呈现得更加惟妙惟肖。例如，在西方经典芭蕾舞剧《天鹅湖》中，作曲家选用竖琴这种空灵的音色来营造飘渺的氛围，再通过委婉、柔美的双簧管音色吹奏出著名的主旋律，来代表天鹅公主"奥杰塔"的人物形象。而恶魔"罗特巴尔特"与他的门徒来到舞会上跳舞时，作曲家则选用了《西班牙舞曲》节奏轻快鲜明、旋律激昂奔放、异域风格浓郁的音乐作为伴奏，生动展现了恶魔们充满诱惑、轻浮的形象。这种音乐形象的塑造，让观众对角色的高矮胖瘦和形象气质有一个直观的认识之余，对角色的基本性格也有一个大致的概念。因为每个角色的形象都是生动的、多维的、立体的，所以外在造型与内在特征共同结合出的形象才可谓是成功的。

通过外在形象的塑造可以窥探角色的内心世界，同样挖掘角色内心也可帮助衬托角色的外在形象，而音乐作为塑造人物形象的有效手段，即使本身具有抽象性和不确定性，但作曲家在特定的情节、时间、空间中赋予角色的这段音乐旋律，会使音乐富有具象性，让角色的形象更加鲜明，增加该角色的身份辨识度。从另一个方面讲，在戏剧进程中，随着音乐的逐渐推进，也会牵动着舞者的情绪加深，演员对自身所演绎的角色更加感同身受的理解被唤起，更能走进所饰角色的心灵深处，内心矛盾更加凸显，心理世界得到强化，戏剧冲突也更加明显。

虽然不同音乐文化在表达上有所不同，但无论是西方舞剧音乐还是东方舞剧音乐，都会用较高的音区、较快的速度来表现轻盈、灵活、娇小的角色形象，用较低的音区、较慢的速度来表现笨重、缓慢、庞大的角色形象，这种共识是由声音的频率所决定的：当物体振动的速度越快，发出的声音就越高；当物体振动的速度越慢，发出的声音就越低。在巴厘《罗摩衍那》舞剧中，不同的角色亦会用不同的伴奏音乐加以诠释，通过音乐的帮衬，让正义与邪恶、人类与动物、娇小与庞大的形象对比更加鲜明有力。

例如，在悉多表演的场景中，作曲家常常会选择"雷勾德巴哇（Legod Bawa）"风格的旋律（谱例10）来展现悉多命运的波折及其柔婉的性格和女性"S"曲线，这些都是"雷勾德巴哇"所代表的"曲折"之意的衍生。在速度方面，为柔美的慢板，冈瑟类乐器缓慢而轻柔地敲击着核心旋律，上层配以音区较高的女声齐唱，再加上演员玉软花柔似的舞蹈动作，充分展现了女性端庄、优雅之美。在金鹿的场景中，作曲家则会使用特殊的昂塞勒音型来展现动物灵活、敏捷的形象。特别是在表现金鹿连续跳跃的动作时，作曲家采用"克里特（Crett）"的演奏方式（谱例11黄色区域部分），即单手持音槌敲击雷永外圈边缘部，音槌落下后再抬起，发出"克里特"的声响，这样的声响无延音，非常适合表现金鹿跳来跳去的动作（图17）。

在罗摩率领军队攻入楞伽城，与罗波那正面相遇时，作曲家则使用了雷龙格尔安

（Lelonggoran）这一铜锣结构模式，来凸显罗摩威风凛凛的英雄形象（谱例12）。雷龙格尔安主要由四个音符组成，以快速的节奏重复演奏，常用于表现英勇的男子气概或象征权威、富有的身份。在实际演奏中，金属键琴的 $\int \int \nwarrow \frown$（E、#G、A、#C）四个音紧邻（图18），非常易于演奏者快速敲击。这四个音既可 E、#G、A、#C 上行演奏，亦可 #C、A、#G、E 下行演奏，但两者却分别代表了不同的情绪：上行时，表现了一种外露的情绪，此时演员的动作幅度较大；相反，下行时，则表现了一种隐藏于内心的情感，此时演员的动作幅度较小。

谱例10："雷勾德巴哇（Legod Bawa）"铜锣结构模式

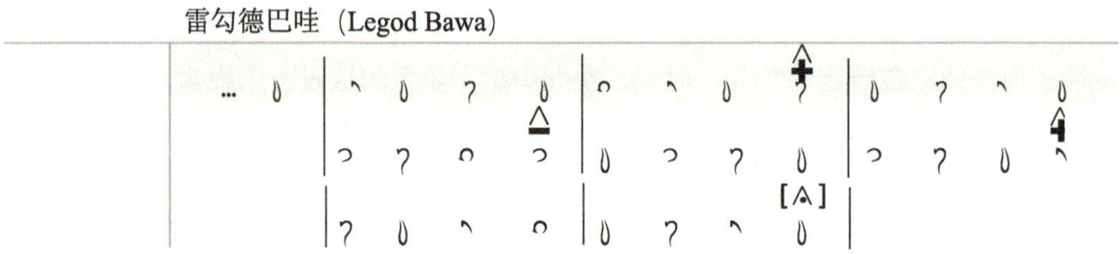

雷勾德巴哇 （Legod Bawa）

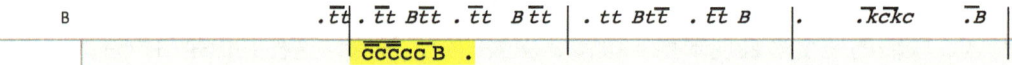

谱例11：克里特（Crett）演奏方式

图17　金鹿跳跃的动作[①]

---

① 本人拍摄

谱例12："雷龙格尔安（Lelonggoran）"铜锣结构模式

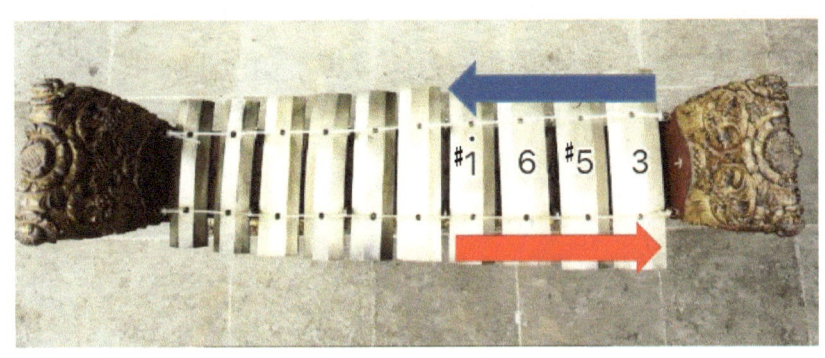

图18 金属键琴上的"雷龙格尔安"①
（从低到高 E→#G→A→#C）

三、表达角色情感

音乐除了能帮助戏剧角色塑造形象之外，还能起到帮助角色揭示心理情感的作用。在戏剧中，布景、道具、舞美、动作等这些有形元素可以为观众们构建出一个肉眼可见的现实世界，这些无需音乐便可实现。然而，那些人们看不到的，隐藏在角色内心的情感世界，也是有必要被呈现的，这时就需音乐发挥其作用，帮助角色加以表达。

"音乐心理学的研究表明，由于在人的心理活动中存在着'联觉'的心理机制，因此听觉的体验完全能够引起其他方面的感受。……这就是为什么当人们听到一种速度缓慢、音区较低，多由下行音调构成的旋律时就会产生悲伤情绪的体验。其实，作曲家也是在同一种联觉的机制下，用音乐的音响来表达他的各方面感受，所以作曲家在创作音乐的时候，完全有可能赋予音乐以某种表现的目的，而在这种表现目的下创作出来的音乐，也就自然有可能使人产生相应的感受。"②

通过引文可以看出，音乐虽不能直接传达思想、形象或表现戏剧性的内容，但我们并不能否认，音乐能够以自己独特的方式使人们产生相应的感受。所以，在戏剧作品中，角色的情感非常微妙，不同角色有不同的情绪，同一个角色还会有情感上的转变，特别是在没有语言帮衬的舞剧中，音乐传递情感的作用就显得尤为重要。倘若此时恰到好处地插入与角色情感、舞台动作等相适应的背景音乐，那么角色的内心情感

---

① 本人拍摄
② 黄莉：《在音乐中我听懂了什么》，《文艺生活》2016年第4期，第103页。

便会被最大化地呈现出来，观众们可以通过音乐旋律的走向或音量的大小，很迅速地感知出这段音乐是悲凉、欢喜还是愤怒，就会情不自禁地走入角色的内心，更好地沉浸在戏剧的情节之中。

在巴厘《罗摩衍那》舞剧中，虽然有唱词来表意，但它们仅是传达情节内容，而剧中角色喜怒哀乐的情感变化，是要靠舞者的表情、动作和音乐的力度、速度加以配合来表现的。例如，马里卡向罗波那禀报这一段场景中，魔王罗波那从刚出场时的威风凛凛，到听到自己的妹妹被罗摩和罗什曼那割鼻的消息后怒不可遏，再到马里卡设计谋欲将罗摩杀死，罗波那听到后暗自窃喜，这一系列的情感变化都是在不同的音乐配合下将心理活动逐一表现出来的。（表6）

表6　"禀报"场景中罗波那情绪变化的顺序图

图示	对应情绪变化的音乐描述
	1.这一段为罗波那与马里卡刚出场，马里卡向罗波那禀报罗摩与罗什曼那割掉了女罗刹首哩薄那迦（罗波那的妹妹）鼻子一事。此段仅是在叙述事实，罗波那还是初始的情绪状态。在这里作曲家使用名为"禀告（Penangkilan）"的音乐（谱例13）来表现此段情节。该段音乐没有其他旋律的加入，仅有核心旋律敲击，音量较弱，突出咏唱者的说词。
	2.这一段为马里卡禀报完后，罗波那非常生气，并感到愤怒。配合着罗波那的情绪的变化，音乐也从平稳的"禀告"转为常用来表现战斗场面的"巴特尔（Batel）"（谱例14）。乐手们大声而快速的反复敲击着ヽ和コ两个音符，表现着罗波那发怒的心理状态，同时这种尖锐、急躁的音响也会引起观众的不安。
	3.这一段为看到罗波那发怒后，马里卡建议罗波那按兵不动，因为他听说罗摩的力量太强大，担心以罗波那的实力打不过罗摩。但罗波那听后更加气愤，顺势踢了马里卡一脚。作曲家在这里用了两个"短昂塞勒（Angsel Bawak）"，即"⌐ヽヽ"和"ヽヽヿ"来配合"踢"这个动作，此时也暗示着罗波那愤怒的情绪已上升到极点。

续表

图示	对应情绪变化的音乐描述
	4.这一段为马里卡面对发怒的罗波那感到害怕，遂向其道歉，罗波那也从愤怒情绪的最高点逐渐下降，转至平稳。虽然伴奏音乐仍然在"巴特尔"音型的反复进行中，但音量比第三段弱了许多，罗波那原本紧皱的眉头和愤怒的神情也舒展开来。
	5.这一段为马里卡答应罗波那会独自杀掉罗摩，不需罗波那费心。为此马里卡设计圈套，试图引诱罗摩与罗什曼那离开悉多，并让罗波那趁机将悉多劫持回楞伽城。罗波那听到此计策后非常满意，暗自窃喜，除面部表情喜笑颜开外，伴奏音乐继续沿用"巴特尔"，但速度逐渐加快，展现了罗波那内心的喜悦。

谱例13："禀告（Penangkilan）"铜锣结构模式

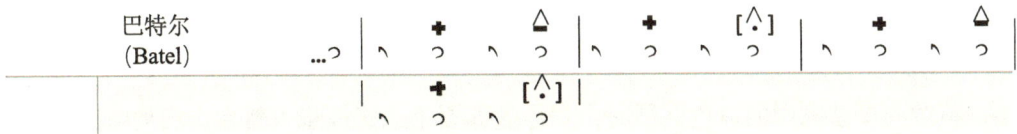

谱例14："巴特尔（Batel）"铜锣结构模式一

四、划分场景结构

一部好的戏剧剧本，其设定一定是富有新意的，剧情也一定是精妙曲折的。为了贴合剧情的发展，其他艺术门类在进行创作时，如舞蹈、音乐等，编创者们一定会先站在最高的视角，鸟瞰整部戏剧的全局后，再着手局部。因为他们需要考虑到剧本剧情的开始、发展、高潮、结尾等各个部分，就如同中国传统艺术创作常用的结构技巧"起、承、转、合"，才能将作品编排得逻辑严谨、脉络清晰、浑然一体。音乐作品原本就有着自己缜密的内部结构，比如西方音乐奏鸣曲式中的呈示部、展开部、再现部，中国戏剧中的联缀结构——引子、正曲、尾声，它们均为常用布局，这些固定的结构模式会促使着音乐的流动与发展。当音乐服务于舞剧时，虽然不能直接表现具体情节，但可以利用自身的变化将扁平的剧情转换为较立体的表演艺术，增添表演的"戏剧性"。试想，在剧情欲转折之时，插入一段相辅相成的配乐，戏剧剧情的层次感和起伏感瞬间被升华。音乐推动着剧情继续向后发展，让观众保持着期待感，而不会有枯燥、冗长的感觉。与西方舞剧音乐运用和声、调性、曲式等技巧去展现结构的变化不同，巴厘舞剧音乐更多地依靠核心旋律和铜锣结构模式①的变化来实现。作曲家根据剧本的需要将固定的音乐安插在相应的位置，起到暗示场景更换、划分场景结构的作用。

从整体布局来看，巴厘《罗摩衍那》舞剧的配乐分为三大部分——前奏、正剧和尾声。前奏部分在巴厘传统戏剧中称为"巴木噶（Pamungkah）"，在巴厘语中译为"开始"，是舞蹈演员上台表演之前的纯音乐部分，咏唱者也会在此交代戏剧背景；舞者登台后便进入了正剧部分，即从"罗摩与悉多"开始直至"罗摩终于见到悉多"结束，所有的情节均包含在内；在正剧部分结束后，还会安排一段尾声，称之为"盆于伍德（Penyuwud）"，该单词在巴厘语中译为"关闭"，以缓慢的速度结束全曲。与长大的"巴木噶"相比，"盆于伍德"仅有16拍，非常短小，与前两大部分不成比例。

从每个场景内部看，均有角色的上场和退场。角色的上场称为"佩佩森（Pepeson）"，是某一位或多位角色步入舞台时的伴奏音乐；而角色的退场称为"佩卡德（Pekaad）"，是某一位或多位角色离开舞台时的伴奏音乐。"佩佩森"一词为"出场"之意，意味着某一位或多位角色步入舞台时的背景音乐。当演员听到属于自己角色的"佩佩森"响起时，便会步入舞台，直至进入舞台指定区域。不同形象的角色的出场音乐在速度、风格方面均有差异。例如，谱例15为罗什曼那的"佩佩森"，身为罗摩的弟弟，亦是矫健的男子形象（图19），因此他的出场音乐速度较快，音色明亮。当佳美兰演奏谱例中的蓝色区域时，罗什曼那要小跑式地步入舞台。当他听到黄色区域的音乐时，腿部要定住，不再移动。当绿色区域音乐响起时，他要摆好基本造型开始准备表演。

---

① "铜锣结构模式"，是"在重复旋律的循环中，铜锣通过重复有规律的节奏型为音乐提供结构框架"。转引自〔美〕利萨·戈尔德：《巴厘岛音乐》，于晓晶、郑隽逸译，管建华审校，江苏凤凰教育出版社，2016，第57页。

谱例15："佩佩森（Pepeson）"铜锣结构模式

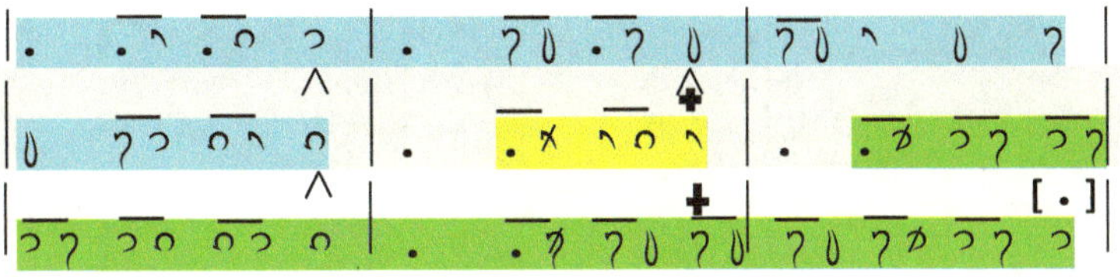

图19　罗什曼那上台时的舞蹈步伐①

　　"佩卡德"一词为"退场"之意，与上场之意的"佩佩森"相对应。"佩卡德"是当某一个场景结束，某一位或多位角色要同时下场时所配的背景音乐。当演员听到属于自己角色的"佩卡德"响起时，便开始准备下台的动作与步伐线路，演员需要计算此刻所站位置能否在"佩卡德"结束时彻底离开舞台，因此他们在排练之时就需要明确音乐响至第几拍，他们此刻必须站在舞台的何处，当然音乐也会有相应的提示音。例如，在场景5"罗摩捕捉金鹿"的第一段是悉多与罗什曼那的"佩卡德"，当他们听到巴旁模式的核心旋律响起时，便得知要准备下台了，当旋律进行到第21拍，冈瑟类乐器敲击"取消"昂瑟勒（谱例16的黄色区域）时，两位演员便同时左转，脚步踩着节拍，上半身做着同样的动作，走下台（图20）。

①本人拍摄

谱例16："佩卡德（Pekaad）"铜锣结构模式

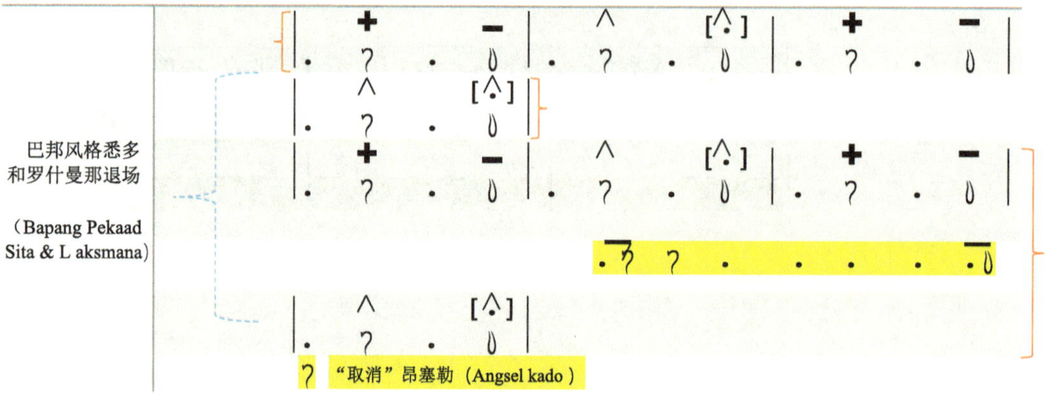

图20　罗什曼那与悉多走下台①

每当佳美兰乐队排练时，巴厘的乐手们不会像西方乐手那样以小节数为标准，而是会说我们从某某佩佩森（意为某位角色上台）的部分开始，到某某佩卡德（意为某位角色下台）的部分结束。当然，在音乐内部，作曲家也为不同的情节配以不同的音乐类型，音乐结构均在作曲家的精心安排下形成了固定的模式，它们之间的逻辑严谨、环环相扣，使舞剧从头到尾逐步推进、一脉贯通。

五、烘托戏剧气氛

戏剧中各种氛围的营造，少不了音乐的身影。无论是西方的歌剧、舞剧、音乐剧还是中国的戏曲、日本的能剧，都依靠音乐的独特功能为戏剧烘托着气氛。众所周

---

① 本人拍摄

知，构成戏剧的第一要素为"矛盾冲突"，若想充分展现强有力的冲击力度，除演员的表情、肢体动作、台词（歌词）等舞台表演之外，还需加上恰如其分的"戏剧性"音乐，这样一来观众便会立即被剧情的紧张氛围所包围，强化观众对这段冲突的深刻印象，因此可以说戏剧性音乐的运用是烘托戏剧气氛的点睛之笔。

那音乐是如何表现出"戏剧性"呢？由于联觉的作用，音乐的高低、快慢、强弱的不同变化，能够同时引发人们情绪的变化。而在这部巴厘《罗摩衍那》舞剧中，笔者认为其音乐"戏剧性"主要集中在两方面——节奏与音量。节奏方面，在现实生活中，人们常常通过感知自然界的节奏，而影响着我们的心率，从而产生不同的情绪，比如走路的脚步声、火车的汽笛声。通常，密集的节奏会让人产生紧张感，松散的节奏让人产生舒缓感，这种人类与生俱来的生理现象，也会牵动到音乐中。当我们听到快速行进的音乐，自然会引起紧张的情绪，当我们听到缓慢行进的音乐，自然会感到放松。音量方面，在现实生活中，人们突然听到巨响会感到恐惧，而身处较为静谧环境中却会感到平和。同理，当我们欣赏音乐时，乐器的叠加、音量的增大，一定会引起听众的警觉，而当配器较为单一、音量弱小时，听众会放松警惕。所以，作曲家便利用这种心理，常常将节奏密集、音量宏大的音乐置于矛盾冲突的场景中，增加听觉上的紧张度。

在巴厘佳美兰音乐中，节奏与音量所达到的效果，便是由铜锣结构模式来实现的。"一位为舞剧剧本专业伴奏的作曲家从大量的铜锣模式中汲取养分。一些模式不超过固定低音，一些提供特定的戏剧意图，而其他则允许直白的抒情性情味出现。它们为作曲家提供了一个结构框架，当他或她思考故事中一系列的事件时，它要求有音乐伴奏。"①铜锣结构模式在舞剧中起到了极为重要的作用，它可以控制戏剧的氛围、表演者的情绪、舞者的动作幅度等等，作曲家通过挑选不同的铜锣结构模式，来构建自己的舞剧音乐。在此部舞剧中，作曲家同样运用了多种铜锣结构模式，来配合舞者的表演和剧情的发展，即使在同一场景中，也会使用多种铜锣结构模式来调节戏剧气氛和紧张度。比如，在表现打斗这种紧张气氛时，作曲家会选择巴特尔铜锣结构模式；在表现恐怖气氛时，作曲家会选用吉拉克风格铜锣结构模式。

1.巴特尔（Batel）

"巴特尔的意思是'鼓动'，用来表现紧张动作的场景，如战斗的场景。它有最短的铜锣循环，其作用是作为一个固定反复的乐句。巴特尔起源于甘布，也用于铜锣克

---

①〔美〕利萨·戈尔德：《巴厘岛音乐》，于晓晶、郑隽逸译，管建华审校，江苏凤凰教育出版社，2016，第144页。

比亚（Kebyar）和其他的合奏。各种铜锣和鼓提供一个固定的结构。"①巴特尔铜锣结构模式通常由两个音组成（谱例17），演奏者快速地敲击着金属琴键，以表现角色愤怒的情绪或打斗场面。在该舞剧中，作曲家在表现哈努曼与因陀罗者、罗摩与罗波那等角色的打斗和罗波那发怒等情节中，都使用了巴特尔铜锣结构模式。另外，作曲家专门选择相隔一个琴键的两个音来创作巴特尔，这样便于快速敲击，如图21所示，此时所有具有音高的乐器均会齐奏这两个音。通过谱例17标注的铜锣符号可以看出，铜锣敲击非常密集，双数拍上均会有铜锣的敲击，8拍为一个循环。肯当鼓手也会随着乐队整体的速度来决定自己敲击双数拍还是单位拍，有时也会即兴。

谱例17："巴特尔（Batel）"铜锣结构模式二

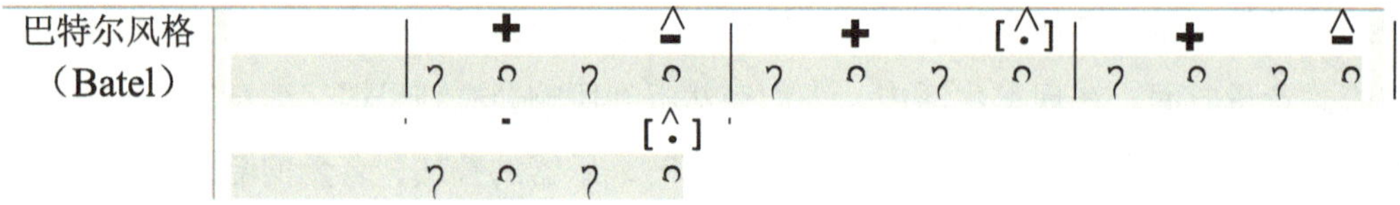

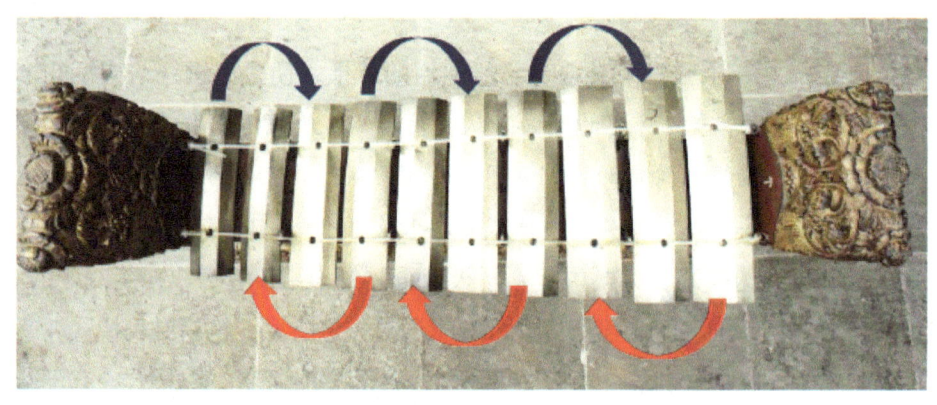

图21　金属键琴上的"巴特尔"②

2.吉拉克（Gilak）

而在罗波那表演的场景中，作曲家会特意使用音域较低的音符来表现罗波那庞大、威猛的外貌。例如，在罗波那第一次出场的场景中，作曲家不仅选用了冈瑟类乐

---

①〔美〕利萨·戈尔德：《巴厘岛音乐》，于晓晶、郑隽逸译，管建华审校，江苏凤凰教育出版社，2016，第147页。

②本人拍摄

器的低音音区来演奏核心旋律，还配合了由三个音调最低的锣所建立的"吉拉克"风格铜锣结构模式，以此形成了特殊的、有明显标识性的伴奏音乐（谱例18）。目的是表现罗波那庞大、魁梧的身躯，以及不怒自威的可怖形象，并在罗波那还未上场时，音乐便响起，让听众"未见其人，先闻其声"。对于乐器音域的使用，作曲家仅选用图22中1、2区域内的音来演奏，在这些冈瑟类乐器越靠左边的音区，声音越低；越靠右边的音区，声音越高。倘若有超出2区域的音要演奏时，像沃噶尔（Ugal）、佩玛德（Pemade）这种跨越多个音区的乐器，便会折返回1或2区域中寻找低八度的音来代替。

谱例18："吉拉克（Gilak）"铜锣结构模式

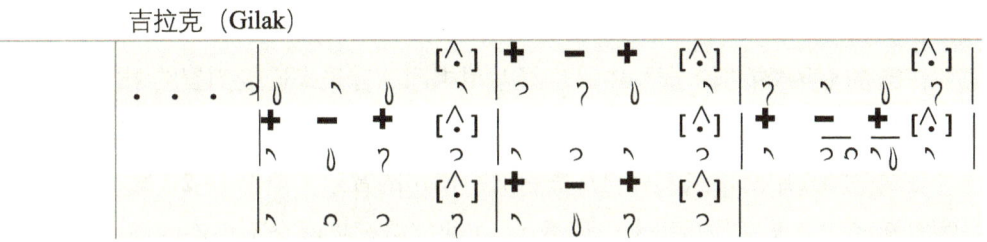

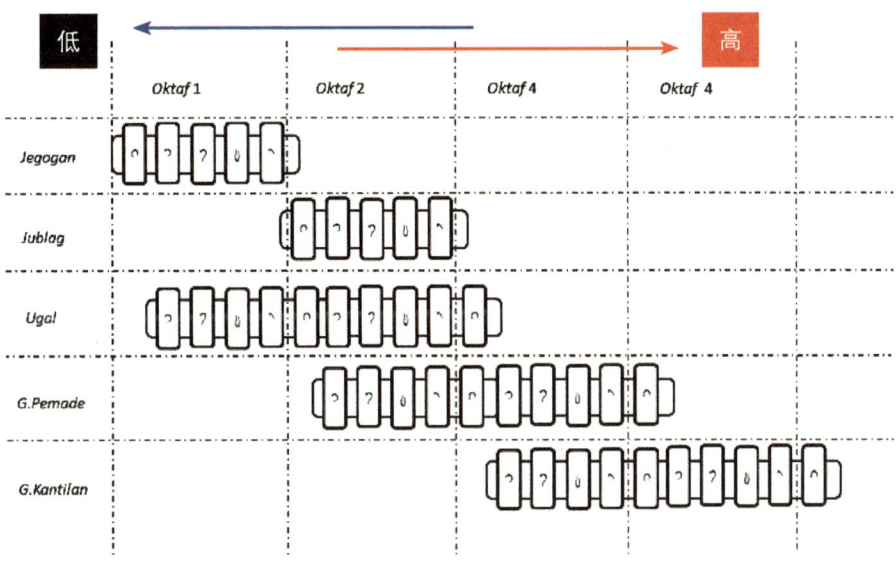

图22 乐器音域图

六、连贯戏剧情节

由于一部戏剧的时间有限，不可能把所有的情节都向观众一一交代清楚，而音乐却可以作为背景来弥补时间间隔所带来的缺陷。在很多戏剧作品中都有这样的剧情：前段情节中主人公幸福而快乐地生活着，而到了后半部分，主人公的生活突然发生变故或者逝去。此时的情节为角色回忆往事，过去欢愉的生活情景重现，同时配合着当时情节的音乐也响起，观众与剧中角色一起回忆过去的情节与时光，还能让观众在沉思的同时莫名地产生一种悲凉感。这里的音乐便起到了任何艺术手段都无法代替的重要作用，将原本断裂的剧情连接在一起，不会使画面的转变太过突兀，使它们成为一个有机整体。所以，音乐在戏剧中不仅能够渲染背景气氛，深化视觉效果，增强画面的感染力，还能为观众营造一种陷入回忆的氛围，从更深层抓住观众的感官，这也是戏剧音乐独具特色的功能之一。

在巴厘《罗摩衍那》舞剧中，也经常用相同的音乐来连接割裂的剧情。例如，在"罗摩与悉多"场景中，只有两位主人公在舞台上舞蹈时所使用的音乐（谱例19-1）与"金鹿"场景中两位主人公再次登台时所使用的音乐（谱例19-2）相同（两个场景中间穿插了"罗波那与马里卡"场景）。作曲家特意将两个不相连的场景开头部分的旋律以再现的方式处理，从听觉的感官上将听众拉回到之前的情节中。此外，在舞台表演上也有巧妙的安排，为了与"罗摩与悉多"场景中两位主角下台的场景相呼应，在金鹿场景中让两位在同一侧台口上台（图23），这样会使观众在舞台空间感上也能够将两部分联系起来。倘若没有音乐的配合，只有舞蹈演员的上下台表演，那么观众很难意识到现在的场景为前面场景的后续。这样一来，无论在视觉上还是听觉上都能让观众快速回忆起前段场景的情节，将两段自然地串联在一起，可见音乐在其中起了非常大的作用。

谱例19-1："罗摩与悉多"场景中只有两位主人公在舞台上舞蹈时所使用的音乐

罗摩与悉多

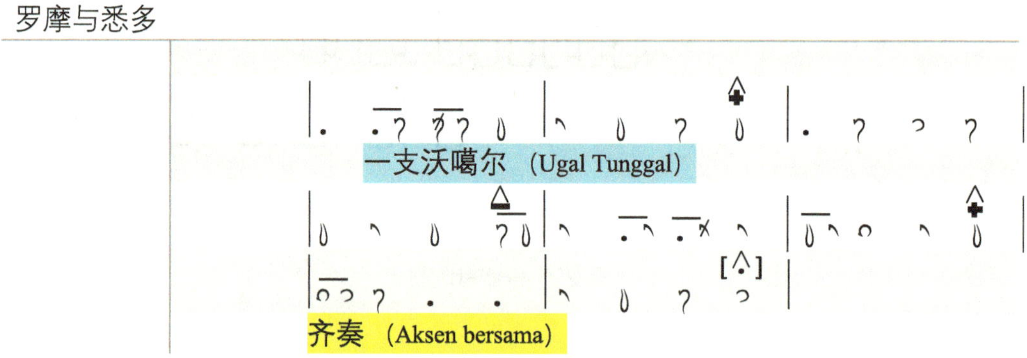

谱例19-2："金鹿"场景中两位主人公再次登台时所使用的音乐

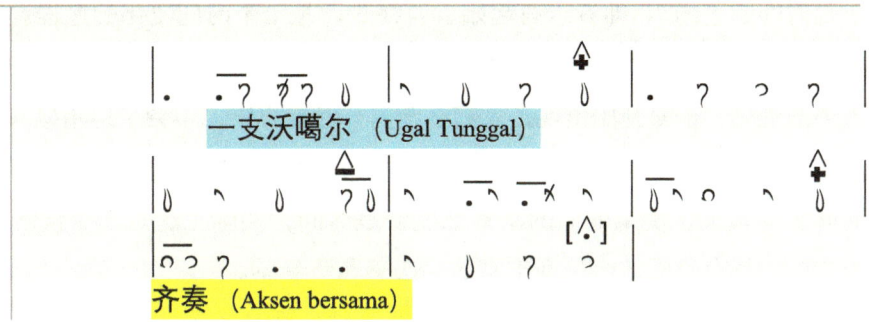

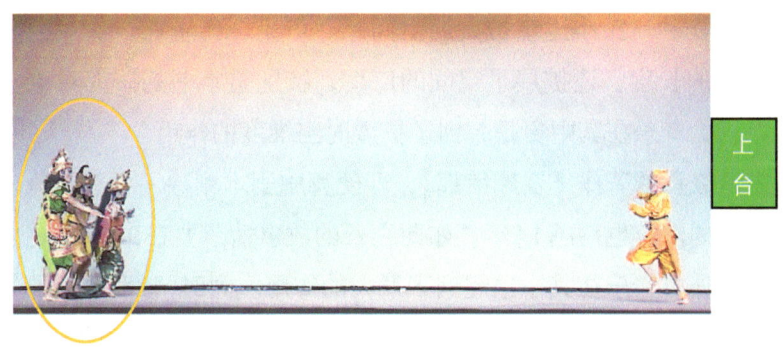

图23　"罗摩与悉多"下台与上台①

七、扩展戏剧的时空维度

1849年，波兰美学家K.利贝尔特在其所著的《美学或美的科学》一书中提出"音乐是时间的艺术"，即音乐有起始、有终止，是一个时间变化的过程。因此，音乐必须以时间为发生场所，音乐脱离时间便不存在，但音乐又并非纯粹的时间艺术。随着人类的进化，语言开始出现，人们逐渐离开形象思维，学会了运用概念、判断和推理等进行的抽象思维，比如节奏、律动等都属于抽象思维的范畴。听起来节奏、律动与时间更加相关，衡量他们的基本维度便是时间，实际上这是一个误解！时间是均匀流逝的，只有空间才会呈现丰富的层次感和节奏感。

古希腊的毕达哥拉斯发现音的高度、频率都是按照一定的比例关系构成的，后来他将这种发现运用到建筑上。巴赫也曾说过，他所创作的音乐从建筑中得到了极大的灵感，主要源于建筑本就是韵律与节奏的集大成者。19世纪中期，音乐理论作曲家姆尼兹·豪普德曼（M.Hauptmann）曾写道"音乐是流动的建筑"，这句话一语道出了音乐与空间之间的关系。自此之后，"音乐是流动的建筑，建筑是凝固的音乐"，成为一句无数哲人极力推崇的名言。所以，音乐既是时间的艺术，又是空间的艺术，既能展现时间的长度，又能体现空间的广度。无限的时间与空间构成了世界，而艺术却必须约束在一定的时长和一定的空间里，才会释放其魅力。戏剧（舞剧）原本就是时间艺术与空间艺术的综合体，我们除了常用的舞台布景、道具等实物来表现空间外，音乐中的声音、节奏、旋律、和声等技术手段也会为观众在听觉上构建出空间感。比如日本室内歌剧《罗生门》，剧中的第二场利用乐队从单一化的织体形态逐渐转为多声部的复调，再通过和声的并置、多重音域的自由使用等技术手段，为听众营造出一种从狭小逐步扩大的空间感。可见，音乐在一部戏剧（舞剧）中不仅延展了时间的长度，还扩展了空间的广度，特别是本书的研究对象——巴厘《罗摩衍那》舞剧，音乐在其中更是起到了扩展时空维度的作用。

作为史诗级别的著作《罗摩衍那》，即便舞剧剧本删除了罗摩被流放森林前的一部分，所演出的内容也跨越14年。如此之长的故事情节要在90分钟之内演完，除了剧本的改编之外，音乐在其中也起到了很大的作用。同时，《罗摩衍那》原著中的空间是随着剧情而转换的，有宫殿、有森林、有山川等等，但舞剧的舞台是被限定在一个固定场所，如何在一个固定的、没有布景更换的舞台上表现空间的置换，除了演员的特殊动作表演外，音乐也承担了重要的责任。接下来，笔者将具体阐述巴厘《罗摩衍那》舞剧中的配乐是如何辅助戏剧来实现时间延展和空间扩展的。

1.延展时间

巴厘《罗摩衍那》舞剧的剧本虽然只截取了从《阿逾陀篇》到《战斗篇》这五篇的内容，但故事却持续了14年之久。而若将14年所发生的事情浓缩进只有90分钟时长的舞剧中，除了剧本改编之外，音乐也起到了很大的辅助性作用。那么，在该舞剧中，音乐是如何体现它辅助延展时间这一功用的呢？主要在"盆亚利特（Penyalit）"的使用上。"盆亚利特"，意为插入或连接，通常作为两种风格相差甚远的核心旋律的过渡段，许多核心旋律之间甚至场景之间都会穿插一段"盆亚利特"。例如，在罗摩战胜罗波那这一场景后，插入了一段16拍的"盆亚利特"（谱例20），作曲家将其穿插在这里，其目的为了将前一个战斗场景与后面罗摩见到悉多的场景在情绪与速度上能有一个良好的衔接。而在原著中，这两段并非直接连在一起，中间还有：罗波那弟弟维毗沙那请求交出悉多，与罗摩和好，结果魔王大怒，把他赶走；战斗中罗摩兄弟都受了重伤，神猴哈努曼奉派到北方神山吉罗娑山去采集仙草，给罗摩兄弟治伤……。作曲家将这些剧情省略掉，用一段"盆亚利特"代替，不仅压缩剧情节约了时长，也将前后的场景串联起来，形成了场景间的无痕过渡，让剧情发展更加连贯与顺畅。

谱例20："盆亚利特（Penyalit）"铜锣结构模式

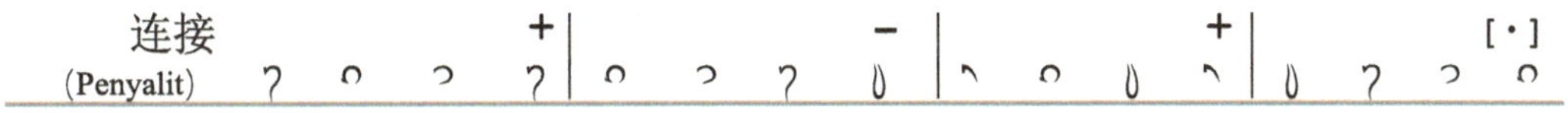

2.扩展空间

巴厘《罗摩衍那》舞剧在戏剧空间方面仍遵循了巴厘传统戏剧的换景方式。在舞剧演出中，舞台不会安排换幕，只是通过舞蹈动作或台词唱词，便可让观众理解地点空间的变化。比如，罗波那表演从森林返回楞伽城、罗摩兄弟从森林→般若湖→楞伽城等一系列的地点变化，演员们只需要平地走几步表示即可。但这种平地移动的方式不能很明确地表明空间转换，因此作曲家会加入一些特殊的音乐为之配合，最常使用的表现空间转换的核心旋律类型称为"吉拉克"。"吉拉克"通常被用来描述角色所处环境的转移。在哈努曼故意大闹楞伽城中的无忧树园这一场景中，作曲家便使用了一个"吉拉克"（谱例18），来暗示哈努曼烧毁楞伽城后逃走，回到罗摩的身边。虽然舞台上布景、角色均未发生改变，但通过聆听"吉拉克"便可得知，角色所在位置发生了转变，无形中扩大了舞台的空间感。当然，这种空间转化是需要演员与观众们共同完成的。"空间感，或者说空间联系，当然是舞台效果最重要的组成部分之一，它几乎完全是靠观众与演员的空间想象建构起来的。"[①] 所以，观看巴厘舞剧的观众需要有一定局内人的质素，了解舞剧故事的背景，或是懂得该段音乐所表述的含义，才能与演员们一起完成舞剧内容的传达。

① 姚冰：《巴厘戏剧与西方现代派戏剧》，厦门大学硕士学位论文，2002，第7页。

第四章

印尼巴厘《罗摩衍那》舞剧中的文化融合

从内部看，巴厘舞剧的音乐、舞蹈、戏剧是融为一体的；从外部看，整个戏剧表演与生活、宗教也是融为一体的。这正是法国戏剧理论家安托南·阿尔托（Antonin Artaud）①认为巴厘传统戏剧是完美的原因之一。在通过前两章的分析与解读，把握巴厘《罗摩衍那》舞剧在音乐、舞蹈、戏剧等要素之间的关系后，接下来笔者将探讨该舞剧中所映射出的宗教文化背景。由于特殊的地理位置和复杂的历史变迁，使得巴厘的宗教文化呈现出多种文化融合的局面，这一局面也深深印刻在巴厘《罗摩衍那》舞剧之中。因此，在探讨巴厘《罗摩衍那》舞剧所蕴含何种文化因素之前，我们先来了解"文化融合"这一概念。

自古以来，文化都是以多元的方式在发展。以史为鉴，可知兴替。上千年来，四大文明以古巴比伦、古埃及、古印度和中国四个最早诞生的地区为源头，从始至终影响着人类社会发展进程。当我们穿过历史的尘烟咀嚼文明的进步时，才发现从亘古延续而来的文化并不是一成不变的，而是在漫漫历史长河中不断发展的。因为每一代人都会为他们所生活的时代增添新的内容，包括他们对上一个时代的继承和他们自己的创造，同时也包括他们所接触到的外来文化。这样一来，文化在流经之时便会被贴上时代的标签，随着时代的更迭又会为文化注入新的生命。在这个传递过程中，既有纵向的继承，又有横向的开拓。倘若说前者是对主流文化的"趋同"，起到了整合作用，那么后者便是对主流文化的"离异"，起到了扩展作用。两者对于文化发展来说都是缺一不可的重要元素，在同一个时代中，横向拓展尤为重要。"拿一门学科来说，横向开拓意味着将会有外来文化的影响、对其他学科知识的利用和对部分边缘文化开发。"②在横向拓展的三个现象中，占比重最大的是外来文化的影响。例如今天的西方

---

① 安托南·马里·约瑟夫·保罗·阿尔托（Antoine Marie Joseph Paul Artaud，1896年9月4日—1948年3月4日），法国诗人、演员和戏剧理论家，被公认为20世纪戏剧界和欧洲先锋派的主要人物之一。
② 乐黛云：《全球化趋势下的文化多元化》，《深圳大学学报（人文社会科学版）》2000年第1期，第69页。

文化，无论在欧洲各国还是美国，到处可以见到非洲、拉丁美洲的文化元素。像西班牙画家毕加索因受到非洲雕塑的启发，创作了名作《阿维尼翁的少女》。法国作曲家德彪西受到印尼佳美兰音乐的影响，运用印尼斯连德罗和培罗格的音阶调式创作了钢琴曲《塔》。美国作为一个移民国家，更是多元文化社会的体现，在街头到处可以听到非洲音乐、看到日本的版画，甚至在好莱坞电影中越来越多地注入了东方元素，如《功夫熊猫》《花木兰》等影片的拍摄，都为西方观众带来一定的视觉冲击和文化冲击。

正如英国哲学家罗素（Bertrand Arthur William Russell）在其文章《中西文明比较》中所说："不同文化之间的交流过去已被多次证明是人类文明发展的里程碑。希腊学习埃及，罗马借鉴希腊，阿拉伯参照罗马帝国，中世纪的欧洲又摹仿阿拉伯，文艺复兴时期的欧洲则仿效拜占庭帝国。"[1]通过罗素的文字我们可以深刻地理解，欧洲文化之所以能发展到今天具有如此强大的生命力，正是因为它们不断吸收不同文化的因素，使自己不断得到丰富和更新。同样，中国文化也是不断吸收外来文化而得到发展的。众所周知，兴盛于中国的佛教来源于印度，它是"印度佛教与中国社会实际相结合的产物，是印度佛教的新发展"[2]。中国文化中有许多印度佛教的身影，甚至促进了中国宗教、哲学、艺术、文学的发展。在印度佛教与中国本土文化结合的过程中，形成了新的佛教宗派——天台、华严、禅宗，等等。这些新的教派不仅影响了宋明理学的发展，还传入朝鲜和日本，影响遍及整个东亚文化。显然，正是由于不同文化的汇集，才构成了一个丰富的时代百宝箱，诱发着人类灵感的迸发，并带来了某种文化的革新。可以想像，倘若没有差异，就不会有文化的交融，就更不会出现多姿多彩的世界文化。

那么，何为"文化融合"呢？文化融合（Cultural Integration）一词最早源于上世纪初德国哲学家伽达默尔（Hans-Georg Gadamer）的"视阈融合"概念，他认为"新旧视阈不断相遇或融合可加深并拓展我们的思考视野。不同文化的相遇会丰富彼此对事物的理解，文化的融合可产生不可预见的创意和惊喜"[3]。而后，这一概念逐渐引申到文化、政治中，特别是现在的移民领域，文化融合理论在其中占据主导地位。中国的《教育大辞典》对其亦是这样解释的："文化融合是指民族文化在文化交流过程中以其传统文化为基础，根据需要吸收、消化外来文化，促进自身发展的过程。文化具

---

① 〔英〕伯特兰·罗素：《中西文明比较（节选）》，胡品清译，《民主与科学》2003年第4期，第38—39页。
② 方立天：《佛教与中国文化》，《普门学报》2001年第3期。
③ 〔美〕艾瑞克·克莱默（Eric Mark Kramer）：《全球化语境下的跨文化传播》，刘杨译，清华大学出版社，2015，第127页。

有时代性和民族性。民族文化既不能全盘外化，也不能排斥外来文化。吸收外来文化的原则是取其精华、去其糟粕。"[1] 通过上述的定义可见，"文化融合"作为理论出现早已不是新鲜事，它已经过数十年的验证而延用至今，鸟瞰当今的世界文化有太多文化融合之现象，无论是本着友好交流的初衷，抑或是外族侵略的缘故，都使不同文化之间碰撞出火花，正是这些火花使得全球化的步伐日趋明显，文化融合现象也就日益增多。

艺术作为文化的载体之一，又特别是在艺术门类中综合性最强的戏剧，充分体现了"融合"二字。戏剧作品不仅是其他艺术门类的结合体，也是不同文化的载体。在戏剧中的子门类——舞剧中也呈现出文化融合的倾向。例如，俄罗斯作曲家柴科夫斯基的著名舞剧《胡桃夹子》中，第二幕间奏穿插了巧克力仙子跳的西班牙舞曲、咖啡仙子跳的阿拉伯舞曲、茶仙子跳的中国舞曲以及特科帕克跳的俄罗斯舞曲。再如，被称为土耳其"国舞"的现代舞剧《火舞》，融合了来自于不同地区的110种舞蹈和150种音乐元素，使得《火舞》在世界舞剧园地中独树一帜。还有，中国当代舞剧《丝路花雨》被誉为"中国舞剧之最""东方《天鹅湖》"，也是融入了丝绸之路多个沿线国家的民族舞蹈文化元素，如"霓裳羽衣舞""波斯舞""反弹琵琶舞"等，让观众通过一部舞剧就领略到了亚洲多国的文化魅力。由此可见，"文化融合"的创作思路已成为当代舞剧的一大走向。不可否认，它也渐渐变成了一种潜意识植入了当代人的精神观念中，使观众们越来越敞开胸怀接纳不同国家、民族、区域的文化。本书的研究对象——巴厘《罗摩衍那》舞剧亦是"文化融合"的产物，其中蕴含着巴厘本土文化元素、印尼爪哇文化元素、印度文化元素和西方文化元素。其实，从名称上便可窥探其丰富的文化特质。

众所周知，《罗摩衍那》和《摩诃婆罗多》均为印度史诗，它们在公元元年初从印度经海路向南传至印尼的苏门答腊岛和爪哇岛。"我们认为，虽然罗摩故事出现在东南亚的考古证据是公元4—5世纪，但印度文化在公元前后传入东南亚时，同时也以口传故事的形式把印度教的经典《罗摩衍那》带到东南亚。这是合情合理的，也是很有可能的。"[2] 可以说，公元前后，爪哇一带的海岛是东南亚接触印度文化最早的区域之一。爪哇受到印度教文化深厚的影响，所以在公元9世纪左右出现了普兰班南神庙浮雕，公元10世纪左右又出现了古爪哇语写成的《罗摩衍那》。之后，在爪哇地区陆陆续续出现了一批以罗摩故事为蓝本的演出形式，最初为诗歌朗诵，后逐渐发展为戏剧表演，并延续至今。这种印度与爪哇文化融合的表演艺术又传至巴厘，与巴厘文化

---

① 顾明远主编《教育大辞典》，上海教育出版社，1990。
② 张玉安、裴晓睿：《印度的罗摩故事与东南亚文学》，昆仑出版社，2005，第56页。

相结合形成新的样式。本书的研究对象——巴厘《罗摩衍那》舞剧便是20世纪60年代从爪哇传入的表演艺术的巴厘化产物，它作为多种文化的结合体，影响着一代又一代巴厘人的文化生活。"Beratha受到爪哇《罗摩衍那》舞剧的影响制作了巴厘的《罗摩衍那》舞剧。他不仅是为了娱乐观众，也是为了给印尼人民提供一种共同的文化来源感。"[①] 正是因为巴厘《罗摩衍那》舞剧中不仅继承着当地原生文化，还蕴藏着如此丰富的他族或他国文化，使其成为"文化融合"中的一个缩影。在短短一个半小时的时长内，将巴厘文化与他文化巧妙地拼贴在一起，让观众们在享受舞剧艺术带来的视觉盛宴之余，又能感受到不同地域间文化艺术的多样性。

这部舞剧自上演以来一直保持着超高的上座率，并成为巴厘艺术节（PKB）中的重点节目，不仅受到了当地居民的追捧，还吸引了世界各地旅游者、学者的目光。它的成功并不能完全归功于旅游业的大力宣传，而更多地得益于舞剧中所蕴含的不同文化内涵，这些文化内涵又分别让各国家、各民族的观众在其中找到了各自的归属感。整部舞剧看起来既不会脱离印度史诗《罗摩衍那》故事情节的发展，又没有被地域流派所限，而是独自撑起一个崭新的、多元文化融合的舞剧世界。所以，与其说它是一部巴厘舞剧，倒不如说它是一部各地文化元素相融合的佳作。

一部东方传统舞剧中蕴藏着如此丰富而多元的文化，着实让研究者好奇，它们是如何杂糅到一起，并融入进一部舞台作品中呢？接下来将通过三节内容，即音乐融合、舞蹈表演融合和戏剧舞台融合，去探索巴厘《罗摩衍那》舞剧中的不同文化，哪些依然保留了原始面貌，而哪些又变迁为新生命？这些不同的文化是如何渗透进这部作品，融为一体，最终形成了"文化融合"这一局面呢？

第一节　巴厘《罗摩衍那》舞剧中音乐的融合

时代的发展造就了多元趋势，世界民族文化的多元发展也促进了音乐文化的多元发展。从音乐自身来看，无论是西方还是中国，均处于多种风格、多种形式、多种技法并存的时代。从音乐外界因素来看，也已不再是"一元"文化垄断的时代，而是强调音乐文化的差异认同性和交流共存性。在这种多元的音乐文化发展意识的推动下，不同民族的优秀音乐文化逐渐融合在一起，既丰富了本国、本民族的音乐，又增加了世界音乐的多样性。印尼原本就是一个多民族、多岛屿的国家，由于地理和历史等因

---

① 翻译自 Zachar Laskewicz. *Music as Episteme*，*Text*，*Sigh & Toll*，Saru press，2003，p.23.

素，使得印尼的音乐文化一直呈现出多元化的局面。像《梭罗河》《哎哟，妈妈》《星星索》等充满民族风情、优美动听的克隆钟（Kroncong）音乐，即为印尼本土音乐与16世纪传入当地的葡萄牙"法多"（Fado）融合而成，现已成为印度尼西亚音乐艺术的典型代表。而作为印尼国家另一个推崇的艺术代表——巴厘《罗摩衍那》舞剧，其配乐部分也充分体现了不同文化和谐共存的样貌，即与印度教轮回观念有关的循环结构、与南印度音阶有关的陪罗格音阶、与巴厘原始哲学观"二元论"有关的乐器使用原则，它们结合出的巴厘《罗摩衍那》舞剧音乐，成为"音乐融合"的一个典型案例。接下来将从循环结构、调式音阶和乐队原则三个角度，就这部舞剧的深层文化来源及如何融合等问题逐一进行解析。

一、循环结构

通过对印度尼西亚巴厘佳美兰的了解，我们发现巴厘佳美兰音乐的核心旋律，其内部的铜锣敲击节拍较为规律，大都为"小吊锣（Kempur）—克蒙（Kemomg）—小吊锣（Kempur）—大吊锣（Gong）"这样的组合形式，即使使用像雷勾德巴哇这种冗长的铜锣结构模式，也是小吊锣与克蒙两件乐器长时间轮番敲击后，最后一拍再敲击大吊锣。总结来看，一段核心旋律无论有着多长的节拍，各个铜锣敲击处大都会平均地出现在双数节拍点上，直到大吊锣敲响，以此说明一个周期结束。例如图24，圆圈代表了一个16拍的核心旋律，小吊锣分别在第2、6、10、14拍处敲响，克蒙分别在第4、8、12拍处敲响，大吊锣在第16拍末拍处敲响，自然而然形成了一个圆形。

这源于巴厘人对印度教的信仰，"圆形"已经成为印度人的精神象征和处世哲学，"圆"在印度日常生活中随处可见。有趣的是，印度人发明的阿拉伯数字中的"0"，也是一个圆圈，圆圈外表示"无"，即空。圆圈内则表示"有"，即万物孕育其中。在印度哲学中"0"既是"没有"也是"全有"。因此，"0"的本义并不是今天所理解的单纯的"没有"，而是万物生长、扩展的起始点，是"有"与"无"的分界线。当然，在印度音乐中，也无不体现着圆形轨迹。印度音乐的节奏模式有着与巴厘佳美兰节奏相似的循环方式："在印度音乐中，节奏节拍的运动总是以某种相对固定的模式反复出现，由于其运动具有循环的特点。因此，被人们称为节奏圈——塔拉。这种节奏圈是印度音乐的节奏基础与灵魂。"[①] 由此可见，无论是音乐、文化，还是政治、生活，印度的方方面面都如一个奇妙的圆，包容万物又虚怀若谷。

---

① 安平：《印度节奏圈——塔拉》，载《2005北京第二届世界民族音乐学会学术研讨会资料汇编》，2005，第188页。

以上所述的"圆"的精神象征，并非口头上的约定俗成，而是有一套缜密的宗教体系为其支撑：印度教中的时间单位称为"劫"（Kalpa），即世界自创始至毁灭的周期[1]，它是一个不断循环的时间圈，每个时间圈由三部分组成——创造（Srishti）、维持（Thithi）和消亡（Laya），它们又分别对应了印度教中的三位主神——创造之神梵天、守护之神毗湿奴和毁灭之神湿婆。对于信奉印度教的巴厘人来说，他们把这种精神信仰也注入进佳美兰音乐中：敲击铜锣结构的锣亦分为三种——克蒙、小吊锣、大吊锣，其中大吊锣的敲击声永远都会出现在一段核心旋律的末拍处。这是因为巴厘人将大吊锣赋予了湿婆神的象征意义，作为毁灭世界的神祇，湿婆将旧宇宙毁灭的同时，也预示了新宇宙的开启。因此，大吊锣在最后一拍敲击，即标志着这个旧循环的结束与新循环即将开始。

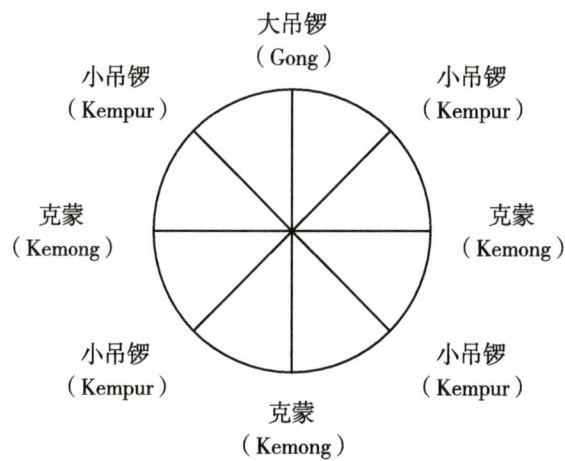

图24　核心旋律内部铜锣敲击节拍的规律

二、调式音阶

与爪哇佳美兰音乐一样，巴厘佳美兰所使用的音阶也主要分为两种，即斯连德罗（Slendro）和培罗格（Pelog）。斯连德罗为五声音阶，而培罗格为七声音阶。"有关调音大都认为均来源于现今两种爪哇音阶，即斯连德罗（Slendro，具有宽音程的五声音阶）和培罗格（Pelog，具有宽与窄音程的七声音阶）。但是，甘美兰的调音与声乐类型，往往并不与这种音阶音律完全一致，许多音乐家会参照甘美兰类型的调音，运用

---

①〔英〕柯林斯公司：《柯林斯高阶英汉双解词典》，商务印书馆，2008。

被巴厘人视为‘音高次序’的萨伊赫（Saih）来演奏、练习巴厘岛音乐。”[1]

在第二章第一节中介绍到巴厘《罗摩衍那》舞剧音乐所使用的调性体系属于培罗格（Pelog），此音阶被荷兰民族音乐学家孔斯特（Jaap Kunst）认为要比斯连德罗更为古老，且源于印度的音阶系统。孔斯特指出，虽然爪哇人普遍认为斯连德罗音阶是两个音阶中较古老的一个，但他却始终坚信培罗格比斯连德罗的出现时间更早，这是因为培罗格音阶是由爪哇人和巴厘人共同的祖先引入印尼，而斯连德罗直到8世纪才出现〔柯林·麦克菲（Colin McPhee）也赞同孔斯特的观点〕。他还提到，在爪哇岛的最东端，靠近巴厘岛海峡的腾格里山脉（Tengger）附近，发现了麻喏巴歇末期的印度爪哇人留下的刻有古老培罗格音阶的石碑，并一直保存了下来。[2]此外，英国民族音乐学家大卫·理查德·威德斯（David Richard Widdess）通过研究公元前200年婆罗多用梵文书写的印度表演艺术论著——《乐舞论》（Natyasastra），发现在南印度有一个双音阶系统，它与培罗格音阶、斯连德罗音阶非常相似，因此推断这两种音阶类型均来源于印度。[3]

以上种种前人的研究都向我们展示了巴厘与印度在调式音阶方面有着千丝万缕的联系，即巴厘的培罗格音阶来源于印度音阶。为此，笔者将巴厘的培罗格音阶与南印度的72种塔特（Thata）[4]相比较，发现培罗格音阶与卡纳提克音乐中的哈奴马托迪（Hanumatodi）十分相似。“哈奴马托迪（Hanumatodi），一般人们将其简称为‘托迪’（Todi），但不同于北印度音乐中的托迪，它是南印度卡纳提克音乐中的音阶，是南印度72种塔特中排列在第八位的塔特音阶，非常古老。此音阶为七声音阶，其音与音之间的度数与西方中古调式中的弗里几亚调式（Phrygian mode）相同。哈奴马托迪经常在音乐会中用于演唱，有着极为复杂的乐句。”[5]

接下来，我们将巴厘的培罗格音阶与南印度的哈奴马托迪音阶进行比较（表7），可以看出两种音阶的相同之处：1. 音阶中的全音、半音排列是完全相同的，即半音、全音、全音、全音、半音、全音；2. 这两种音阶非常重视四音列，在它们的音阶上均可建立起前后两个四音列。虽然，巴厘的培罗格音阶与印度的塔特音阶有着密切的关

---

① 〔美〕利萨·戈尔德：《巴厘岛音乐》，于晓晶、郑隽逸译，管建华审校，江苏凤凰教育出版社，2016，第46页。

② 翻译整理自Jaap Kunst. *Music In Java*，The Hague，1949。

③ 翻译整理自Richard Widdess. *Slendro and Pelog in India*，*Performance in Java and Bali*，School of Oriental and African Studies，University of London，1993。

④ “塔特的特点是在一个八度内共有12个音，可采用其中任何一个音作为开始音建立一个塔特音阶，一般地说不能少于7个音。”——俞人豪、陈自明：《东方音乐文化》，人民音乐出版社，1995，第166页。

⑤ 翻译自维基百科：https://en.wikipedia.org/wiki/Hanumatodi

系，但它们经过当地文化的浸染又表现出不同的审美倾向：1.偏音位置不同。巴厘的培罗格音阶的**4**（D）、**6**（♯F）两音高略微偏高。印度的哈奴马托迪音阶中除了第一个音sa（C）和第五个音Pa（G）必须精准外，其他的音均可以变化。2.音型强调方式不同。巴厘的培罗格音阶虽为七声音阶，但当地乐手经常选择其中五个音来进行创作，比如瑟利斯尔音阶强调的音就是**12356**。印度的哈奴马托迪音阶较为强调♭E—F—♭A这三个音，亦为该音阶的动机段。"上例（哈奴马托迪）也是南印度最流行的拉格之一。音阶中的第五音G在上行时被略去，但下行时常'轻轻地接触一下'G音。从第四音F到第六音♭A之间小三度的跳进使它富有活力。"[①]

表7　巴厘培罗格音阶与南印度哈奴马托迪音阶之比较

巴厘	培罗格	3	4	5	6	7	1	2
	西方音高	♯C	D	E	♯F	♯G	A	B
南印度	哈奴马托迪	S	R^1	G^2	M^1	P	D^1	N^2
	西方音高	C	♭D	♭E	F	G	♭A	♭B

三、乐器原则

在音乐的运行规则和音阶调式方面虽然汲取了印度音乐文化特征，体现着印度教的精神信仰，但在乐器配置方面，却体现出了巴厘本土最为朴素的哲学观——二元论（当地语称为"Rwa Bhineda"）。"二元对立的概念或'Rwa Bhineda'是根植于南岛文化的巴厘土著文化（Bali Aga）之中。"[②]"Rwa Bhineda"的字面意思是"两个对立面"。原始巴厘人始终相信世上存在的一切都是二元性的，即两个对立的事物相互依存。这种二元性的存在给宇宙带来了平衡。在巴厘人的价值观中，一直认为如果有善，就必须有恶去平衡，生能平衡死亡，快乐能平衡悲伤，年轻能平衡年老，正能平衡负，健康能平衡疾病……宇宙也在不断地自我调整中求得完美的平衡，其哲学观念有些类似于中国道教中的"阴—阳"。这种来自专属于巴厘本土哲学观中的"平衡宇宙观"也渗透进巴厘佳美兰音乐中，在巴厘《罗摩衍那》舞剧的伴奏乐队铜锣克比亚佳美兰的

---

① 俞人豪、陈自明：《东方音乐文化》，人民音乐出版社，1995，第175页。

② 翻译自 Gusti Ayu Made Suartika，Julie Nichols. *Reframing the Vernacular：Politics，Semiotics，and Representation*，Publisher，2019，p.69.

乐器使用方面体现得淋漓尽致。

在铜锣克比亚佳美兰乐队中，所有的金属排琴类乐器都是成对出现的，其中一只的音高略高于另一只，当两个音符同时敲击时，就会产生一种被称为"拍击"（Beating）的现象。由此产生一种特殊的颤音效果，称为"声波"（Ombak），透过声波渗透出了两个音高，较高的那件乐器发出的声音，像蜜蜂吮吸蜂蜜的声音，被称为"朋基瑟普"（Pengisep），较低的那件乐器发出的声音被称为"朋古姆邦"（Pengumbang）。①不仅成对的金属排琴分高低，铜锣与鼓也各自被分为两类——男锣与女锣、公鼓与母鼓。"成对的、较大的铜锣（音愈低）被视为女性（瓦登，Wadon）的象征，愈小的铜锣（音愈高）被视为男性（拉囊，Lanang）的象征。低音（女性）铜锣一般会比结郭（Jegogan）的第一个音低一个八度的音区。高音（男性）铜锣则是变化多样的，会比女性铜锣相应地高出三至五度进行定音。"②除了乐器使用原则具有二元性质外，其音乐本体也极具二元特征。巴厘佳美兰音乐中最显著的特点为连锁组合——克特堪（Kotekan），即冈瑟类乐器演奏的填充部分，它又由两个互补的音型组成——泊罗斯（Polos）和桑斯赫（Sangsih），前者按正拍演奏，后者不按正拍演奏，而是在基础音间填充。两种敲击音型各自都是不完整的个体，只有相配合才会形成完整的音响。

除佳美兰音乐外，表演艺术也在很多方面反映出了巴厘人的"二元论"哲学观。例如，在传统巴厘戏剧中，角色主要分为两种类型——精致的（Halus）和粗犷的（Keras/Kasar）。"精致（Halus）是'温和'角色的特色，身形娇小、细形眼睛、音高而清脆，动作曲线优美，小而流动。木偶、舞者面部的颜色或是所戴面具为白色或灰色；粗犷（Keras）角色有着完全相反的特点：身形巨大，眼睛大而圆，鼻子大，声音低沉、洪亮而易怒，动作突然、唐突、幅度大。他们目视正前方，很容易发怒。他们面部的颜色为红色或是其他明亮的颜色。"③另外，在皮影戏（Wayang）中，"好的"木偶会站在木偶师的右边，而"坏的"木偶站在他的左边。以上种种都透露着巴厘表演艺术中"二元论"的痕迹，对于巴厘人来说这些在舞台上展现出的二元性质早已习以为常，因为在他们当地人的生活中处处可见。巴厘人经常用黑色和白色来隐喻：黑色象征邪恶，而白色象征善良。我们经常会在巴厘人的传统服饰、神龛神像身上看

---

① 〔美〕利萨·戈尔德：《巴厘岛音乐》，于晓晶、郑隽逸译，管建华审校，江苏凤凰教育出版社，2016，根据书中内容整理。

② 〔美〕利萨·戈尔德：《巴厘岛音乐》，于晓晶、郑隽逸译，管建华审校，江苏凤凰教育出版社，2016，第55页。

③ 〔美〕利萨·戈尔德：《巴厘岛音乐》，于晓晶、郑隽逸译，管建华审校，江苏凤凰教育出版社，2016，第126—127页。

到黑白相间图案的布料，当地人称之为"Saput Poleng"（"Saput"的意思是"毯子"，"Poleng"的意思是"两种色调"）。"Saput Poleng"完美地表达了"Rwa Bhineda"所倡导的这种二元平衡：数量相等的黑白方格拼在一起，象征着对立的共存。总之，作为巴厘原始的哲学思想——二元论（"Rwa Bhineda"）始终指引着事物的对立性，教导着巴厘人必须要包容差异，才能创造和谐与平衡的宇宙。

第二节 巴厘《罗摩衍那》舞剧中舞蹈表演的融合

在第三章第一节中说到，虽然巴厘《罗摩衍那》舞剧的创作时间已到了近现代，受众群体也不仅是单纯的巴厘印度教信徒，而是面向其他地区甚至国外的游客，但其舞蹈方面仍未脱离巴厘传统舞蹈的基本样貌，仍然沿用着巴厘传统舞蹈的肢体动作以及技巧进行表演。由于历史和宗教的原因，使得巴厘与印度始终有着千丝万缕的联系，巴厘传统舞蹈与印度古典舞蹈保持了极高的相似度，而在印度古典舞蹈中，像婆罗多舞、卡塔克舞、卡塔卡利舞等舞种中均有以《罗摩衍那》为题材的表演，其中要数卡塔卡利舞（Kathakali）所表演的《罗摩衍那》与本书的研究对象最为接近，因为它与婆罗多、卡塔克这种纯粹的舞蹈不同，卡塔卡利舞属于舞剧范畴。

"卡塔卡利舞是印度古典舞中最古老的舞蹈派别，是曾盛行于印度南端西海岸马拉雅拉姆语地区喀拉拉邦的一种古典舞剧。'卡塔'意为故事，'卡利'意为舞蹈，主要表现印度古代两大史诗——《摩诃婆罗多》《罗摩衍那》和往事书中的神话故事。卡塔卡利舞沿袭了具有两千多年历史的印度古代梵剧的主要形式和风格，是现在唯一运用古代梵文演唱的剧种。卡塔卡利舞融合乐、歌、舞、演、白（手语）五事为一体，有脸谱、化装、韵白、手语等表演手段以及严谨的程式，因此又可称之为印度式戏曲。"[1]

当然，巴厘《罗摩衍那》舞剧除了与生俱来的印度舞蹈风格外，还混合有印尼爪哇舞蹈的痕迹。这是因为在印度教传入之前，爪哇本土的原始舞蹈文化就已渗透进巴厘，且由于巴厘《罗摩衍那》舞剧的前身是爪哇舞剧《罗摩衍那》，即使编创者对其有多处改编，但在舞蹈动作、舞台走位等方面或多或少地汲取了爪哇《罗摩衍那》舞剧的养分。另外，不可忽视的是，巴厘《罗摩衍那》舞剧生长于巴厘文化的大环境下，在戏剧表演方面也同时借鉴了巴厘本土戏剧——人偶戏。就像张玉安先生在对

---

[1] 孟昭毅、门薇薇：《卡塔卡利舞的古典美》，《世界文化》2014年第12期，第42页。

巴厘《罗摩衍那》舞剧的定义中写道："罗摩舞（Ramayana Ballet）是在古典人偶戏（Wayang Wong）的基础上创编的。20世纪80年代从爪哇引进巴厘。"[1]所以，我们今天看到的巴厘《罗摩衍那》舞剧中，演员的舞蹈表演既有着印度卡塔卡利舞的痕迹，还蕴含着爪哇舞蹈的韵味，同时又展现出巴厘传统戏剧的形象。

　　接下来，表8分别展示了印度卡塔卡利舞剧、印尼爪哇舞剧和巴厘人偶戏的动作造型以及表演特征。通过对比，我们可以直观地看出巴厘舞蹈与这三种舞剧之间的关系，从舞蹈表演的角度探索巴厘《罗摩衍那》舞剧是如何将不同文化语境下的动作、造型拼贴在一起的。

表4-2　不同舞蹈表演《罗摩衍那》的动作造型及表演特征

名称	卡塔卡利舞剧 （Kathakali）	爪哇舞剧 （Java Tari）	巴厘人偶戏 （Wayang Wong）
图片	 卡塔卡利舞剧《罗摩衍那》[2]	 爪哇舞剧《罗摩衍那》[3]	 人偶戏《罗摩衍那》[4]
简介	卡塔卡利舞产生于南印度的喀拉拉邦，至今已有400年的历史，它以大幅度的舞蹈动作、丰富的面部表情和夸张的戏剧表演而著称。	爪哇的传统舞蹈可追溯到史前部落时代，当时印尼群岛上的不同民族都有着属于自己风格的舞蹈，一直流传至今。如今的爪哇舞蹈可分为宫廷和乡村两种，乡村舞蹈也大都来源于宫廷。	"人偶戏（Wayang Wong）是地道的巴厘舞剧，它毫无例外，全部取材于《罗摩衍那》。由于戏剧的结构和特点，人偶戏一般不演《罗摩衍那》的全部，而只演其片段。每场演出都有程式化的结构。"[5]"Wayang Wong"由两个单词组成，"Wayang"一词表示影子或精神，现有戏剧之意，而"Wong"一词则表示人。因此，"Wayang Wong"是指人类表演的皮影戏。

---

① 张玉安、裴晓睿：《印度的罗摩故事与东南亚文学》，昆仑出版社，2005，第271页。
② 图片来自网络：https://pro.58pic.com/newpic/5128536383.html
③ 图片来自网络：https://qiye.58pic.com/newpic/61576009.html
④ 本人拍摄
⑤ 张玉安、裴晓睿：《印度的罗摩故事与东南亚文学》，昆仑出版社，2005，第267—268页。

续表

名称	卡塔卡利舞剧 （Kathakali）	爪哇舞剧 （Java Tari）	巴厘人偶戏 （Wayang Wong）
基本舞蹈动作	卡塔卡利舞者的身体动作和步法相当严谨，舞者要运用700种复杂的手势以及眉毛、眼睛、嘴唇、脸颊、脖子等配合做出的细微表情，来表现剧情以及传达内心情感。此外，还要在每段戏剧表演之间加上一段激烈的纯舞蹈段落，其舞蹈动作幅度较大，如双膝大大分开、臀部深蹲至地面，单腿控制、急速旋转以及脚掌、脚侧完成各种脚点和跳跃动作等等，利用这些舞蹈来展现卡塔卡利男性舞者英武矫健的形象（过去的卡塔卡利舞中，所有角色均由男性演员承担，直到进入现代剧场后，有些角色才由女性演员表演）。总之，该舞蹈需要舞者极为灵活的肢体及肌肉控制力，通常卡塔卡利舞蹈家要经历12年的专业训练方能上台表演。卡塔卡利的另一重要特征是演员的面部会戴有极富戏剧效果的面具。面具的颜色、装饰要根据角色的性格进行分类，比如高贵男性角色（例如善良的国王、英雄罗摩等）大多为绿色面具；同样出身高贵，但具有暴力倾向的角色（例如魔王罗波那）也是类似绿色面具，但在面颊上会涂以红点，以显示其邪恶的象征；特别丑陋或邪恶的角色大多戴以红色面具及飘动的红胡子来装饰；森林居民（例如猎手）大多为黑色面具；妇女及苦修者则戴以有光泽且偏黄色的面具。	爪哇舞蹈中，女性和优雅的男性角色，对动作幅度的控制非常严格，身体不能前俯后仰，头部要保持直立，胳膊最高抬至腰间，两腿保持半蹲，双脚站立时要相互靠近，移动时也要紧贴地面，脚步大都固定为四步，跨度不能过大，眼睛不能直视前方，而是要朝下看向地面。上述动作非常缓慢，每一个动作的呈现都是极为微妙、含蓄、典雅的。相比之下，强壮的男性角色站立时则要双腿张开，双臂伸直，大幅度的抬高双腿和手臂，以创造更大的空间。	巴厘传统戏剧演员的双手手指如同不受控制般地微微颤抖，舞者的头部随着节奏如钟摆般机械地摇摆，眼珠同样机械般地左右转动，配合佳美兰音乐和舞台背后古老王宫建筑烘托出的神秘氛围，表演者透过华美而优雅的外衣，让人不禁想起了提线木偶。实际上，人偶戏中表演者确实是在模仿皮影戏或木偶戏中木偶的肢体动作。值得注意的是，人偶戏与印度卡塔卡利舞剧一样，所有角色均戴有面具，亦通过颜色区分"好""坏"身份。"瓦扬翁……魔怪角色佩戴与猴子风格相似的深红色面具，他们都有着尖牙。"[①]

　　根据上面表格对印度卡塔卡利舞剧、印尼爪哇舞剧和印尼巴厘人偶戏的动作造型描述，可以看出巴厘舞蹈的舞姿中均蕴藏了上述三者的影子，却又与这三者保持着本质上的差异。与卡塔卡利舞相似之处有：

---

① 汪悦婷：《巴厘戏剧的内涵——以皮影戏、瓦扬翁为例》，《戏剧艺术》2017年第2期，第56页。

第一，巴厘传统舞蹈与卡塔卡利舞蹈最早均起源于印度教寺庙，均为表达对神的崇敬和感谢上苍而舞，并非是娱乐大众。

第二，两支舞种的舞者均不唱词，而是由专门的人员负责演唱。卡塔卡利舞在表演时，舞者是没有语言交流的，仅通过手势、表情等表演来展现故事情节，台下会安排专门的歌手诵唱对白或交待剧情背景。这位歌手被称为"巴格瓦萨"（Bhagavathar），该名称来自于梵语，意思是唱颂赞美神的人[①]。而在巴厘舞剧中舞者也不唱词，而是由一位被称为"朱如丹达克"（Juru tandak）的咏唱者演唱。

第三，巴厘传统舞蹈与卡塔卡利舞蹈同样也非常注重手、眼和神态的灵活配合与运用，眼神会随着手腕的转动而转动。在舞蹈中舞者会表演具有象征含义的手势，两支舞种的手部动作均取自于印度的"姆德拉"（Mudras）[②]。

与卡塔卡利舞蹈不同之处有：第一，巴厘舞蹈没有卡塔卡利舞蹈动作幅度那么大，腿部弯曲不会过于深，更不会蹲坐于地面，跳跃性也不强，也不似卡塔卡利舞蹈那般以细到纤毫之间的严谨来规范每一处手势和姿态，相对而言舞蹈动作没有那么丰富。

第二，卡塔卡利舞蹈所有角色的头部须戴以夸张表情和鲜艳颜色的面具，而巴厘舞剧中只有动物角色才戴面具，人物角色仅淡淡地涂抹上一层底色。或许是糅合了爪哇舞蹈元素，使巴厘传统舞蹈比卡塔卡利舞蹈的动作更为柔和。比如女性舞者站立时双脚距离要靠近，不能过于张开；而男性舞者的双脚则要分开，形成"八"字步，迈步的姿势亦相同。另外，女性舞者脚上的动作要尽量贴于地面，即使做抬腿动作，脚也不会高于膝盖。无论何种角色上半身动作运行都要缓慢，保持稳定，等等。这些柔软、缓慢的舞蹈动作足以说明，即使被印度教同化至深的巴厘艺术，仍然浸染在印尼爪哇的大文化背景下。然而，与爪哇舞蹈的内敛相比，巴厘传统舞蹈又显露着粗犷的原始特性：巴厘舞者的眼睛会看向正前方，而非爪哇舞蹈的斜前方；巴厘舞者的双臂常抬于与双肩平行，双膝上下起伏的幅度和脚上的动作也均大于爪哇舞蹈；巴厘舞蹈中舞者的每个手指均会灵活的颤抖，而爪哇舞蹈舞者的手指是不会动的，仅转动手腕。

从上述舞蹈外化的动作描述可以看出，巴厘传统舞蹈动作介于印度卡塔卡利舞蹈和印尼爪哇舞蹈之间，幅度略大于爪哇舞蹈，却又小于卡塔卡利舞蹈。虽然与它们有着许多相似的动作造型，但又保持着自身独特的神韵，带有明显的仅属于巴厘文化的标签。

---

① Bing 词典：https://cn.bing.com/dict/bhagavathar
②《21世纪大英汉辞典》：姆德拉（Mudars）是印度宗教舞蹈中的手势（尤其手指的复杂动作）。

　　巴厘《罗摩衍那》舞剧虽与巴厘人偶戏在舞蹈动作上均采用着巴厘传统舞蹈的舞姿，但在表演上却有许多不同：首先，人偶戏的角色要边演边唱，而舞剧是由专门的咏唱者和歌者来演唱的；其次，人偶戏的所有角色都要戴以面具，但舞剧中只有动物角色才有面具；再次，人偶戏的所有演员只能为男性，而舞剧则男女演员均可上台。

　　通过以上的论述，我们可以发现巴厘《罗摩衍那》舞剧在舞蹈动作和表演等方面与上述三者之间的相似与相异之处，它既能将多种舞剧形式和舞蹈动作集聚一身，又与它们有着明显差异性，是一部多元却独立的表演艺术作品。

　　通过舞蹈表演管窥其背后的宗教文化，可以让我们更深入地理解巴厘舞蹈的精神内涵。自古以来，巴厘传统舞蹈与宗教密不可分。尽管近代以来，官方将当地的表演艺术进行了分类，将它们分为瓦里（Wali，神圣的）、贝巴里（Babali，仪式性的）、巴里赫巴里汗（Balih-balihan，世俗的）三种类型："1971年，为了保护因旅游业发展而被利用的古老神圣的表演艺术，由艺术家、宗教专家和政府官员们组成的委员会提出了分类系统的建议，指出应将音乐、舞蹈、戏剧体裁分置于三大类别中：瓦里（Wali，神圣的）、贝巴里（Babali，仪式性的）、巴里赫巴里汗（Balih-balihan，世俗的，从字面意思来说就是'可被关注的'）。"①但在实际生活中，这三者之间的区分仍较为模糊，即使在世俗的表演背景下，面向外来游客，表演者们仍旧会感觉到自己是在为神灵而演出，依然会像在寺庙中表演的状态一样充满敬意。时至今日，在舞剧（舞蹈）表演之前，舞者们仍会跪在自家的神龛前祈祷，祈求神灵赐予自己神圣的"塔克苏"（Taksu）②。因此，可以说这三种表演艺术类型只是对"神圣性"强弱程度的参照对比，而非实质上的区分。对于舞者来说，无论表演哪一类舞蹈，均充满着敬意，因为他们知道自己身为舞者是在充当一种媒介，联通着神灵与人类，用自己的舞姿献祭着众神。例如，巴厘古老的拉让舞（Rejang），由数十位女舞者轻柔优美地舞动，她们在庙宇的院子中舞蹈，欢迎神灵的到来。当地人相信众神看到拉让舞时会感到愉悦，因此会将幸福加诸于人民。

　　若谈及巴厘舞蹈，不可不提及印度教的毁灭之神——湿婆。通过观察图片可以发现，湿婆舞蹈时的典型造型（图25），与巴厘传统舞蹈的造型极为相似（图26），而且巴厘印度教又以湿婆教为主要信仰，因此当地舞者均认为巴厘舞蹈的舞姿是在模仿湿婆的造型，通过舞蹈的方式接近神、敬仰神。湿婆是巴厘印度教寺庙中最主要供奉的

---

　　①〔美〕利萨·戈尔德：《巴厘岛音乐》，于晓晶、郑隽逸译，管建华审校，江苏凤凰教育出版社，2016，第25—26页。

　　②塔克苏（Taksu）：巴厘语"灵感"之意。

神灵，又被称为"兽主"和"破坏之神"，是生殖和毁灭的象征。他不仅创造了舞蹈，且非常热爱跳舞。根据《印度神话》①中记载："湿婆会跳108种舞蹈，分为女性式的柔软舞和男性式的刚健舞两大类型。他在欢乐与悲哀时都会跳舞，或独自，或与他的妻子一起跳。通常湿婆都是在火圈中起舞，头发向上飞扬，一只脚踩着代表无知的侏儒，另一条腿和手在空中扭摆，舞姿曼妙绚丽。舞蹈既象征着湿婆的荣耀也象征着宇宙的永恒运动，运动是为了使宇宙不朽。在一个旧时代结束时，他还会通过跳灭世之舞来完成世界的毁灭，并使之回归到宇宙精神中。"

图25　湿婆舞蹈造型②

图26　巴厘传统舞蹈造型③

　　湿婆有一个经典造型（图27），即眼睛是半开半闭的。当湿婆闭眼睛的时候，世界就变成了灰，不存在了。灰烬虽是世界毁灭的状态，但精神还在永生中，所以灰就代表了精神世界。当湿婆睁开眼睛的时候，世界就是客体，它是存在的。这种"薛定谔的世界"使湿婆的眼睛总是处于半睁半闭的状态，就是为了说明"我既不让这个世界毁灭，但也对它不抱有热情，而是冷眼旁观"。然而，湿婆在舞蹈时眼睛却是睁开的，因为"只有这时，宇宙才是存在的，才是运转的"。特别有趣的是，无论是印度古典舞蹈还是巴厘传统舞蹈，舞者的眼睛都是处于睁大的状态，这不单单是为了模仿湿婆的形象，还有另外两个重要因素：

---

① 根据黄文主编，王慧编著：《印度神话》，中国林业出版社，2007年1月第1版整理。
② 图片来自网络：https://pro.58pic.com/newpic/5113601938.html
③ 图为中央音乐学院外教Titik，由本人拍摄。

图27　湿婆半睁半闭眼造型①

　　其一，像印度古典舞蹈或巴厘传统舞蹈等东方舞蹈，通常为露天表演，舞台大都依附于自然的地面，空间较小，因此观众与演员的距离较近，演员在舞台上所做的面部表情均可以被观众们看得一清二楚，所以角色的情绪通过眼神就能传达。反观西方的芭蕾舞剧舞台，通常设计得较宽广，观演距离也较远，舞者们需要通过大幅度的肢体动作来展示出角色所表达的含义，以最大限度地被观众所看清。

　　其二，眼神的运用是为了将演员内心的思想感情更好地透发出来。"在印度舞蹈中，眼睛的训练更不容忽视。眼睛的表演是印度舞蹈表演的特区，它与肢体表演更是分不开的。印度舞蹈中特别注重演员眼部肌肉的训练。'正视'是将眼球正视于前方，而眼球周围的眼部肌肉则快速紧绷，将眼睛睁大，另外还要训练眼球的横动。……印度舞蹈眼神的表达也极其精细，每个表情配合眼神的不同都有其特有的含义。在不同的角色中有着各种眼神的表现，有柔美的娇羞，有直接表现出的热情奔放。"②与印度古典舞蹈有着异曲同工之妙的巴厘舞蹈，其睁大眼睛这一特性动作，也是印尼各地区传统舞蹈中所独有的，是巴厘古典舞蹈标志性的舞姿，可见它与印度舞蹈之间的渊

---

　　① 图片来自网络：https://pro.58pic.com/newpic/5001024490.html
　　② 明文军编著《东方舞蹈文化比较研究文集》，上海音乐出版社，2004，第99页。

源。而且在巴厘舞蹈中，一种被称为"斯里达特"（Seledet）的特殊眼部动作是配合着固定节拍来进行的，即眼睛由一边快速地转向另一边，这一动作会在一段核心旋律的最后两拍进行，舞者时刻聆听音乐，内心数着节拍，才能将眼部动作对应在正确的节拍点上，这也印证了巴厘舞者与乐手必须配合十分默契的重要性。

"印尼巴厘岛舞的亮相基本上都是同一个动作上的亮相，下肢呈印尼舞的基本蹲位，双臂撑开成印尼舞基本手位，四指张开，同时头部干脆地转向前方，双眼瞪视，表情自然微笑。在印尼舞蹈中只有巴厘岛舞的亮相是干脆的，其他的印尼舞蹈都没有类似的亮相，也没有这种独特的亮相舞姿。"[1] 巴厘舞蹈瞪大眼睛这一特征（图28），中国的舞蹈学界有这样的说法："巴厘岛舞蹈中常常会出现亮相之类的动作，这种亮相表现的内容既不是人也不是神，而是大自然中的一些动物，例如孔雀、狮子、猴子等。……印尼是个宗教国家，有很多印度教徒，有很多神都是动物的化身，如象鼻神；还有如孔雀，在印度被认为是国家的吉祥的象征，受到非常的保护，

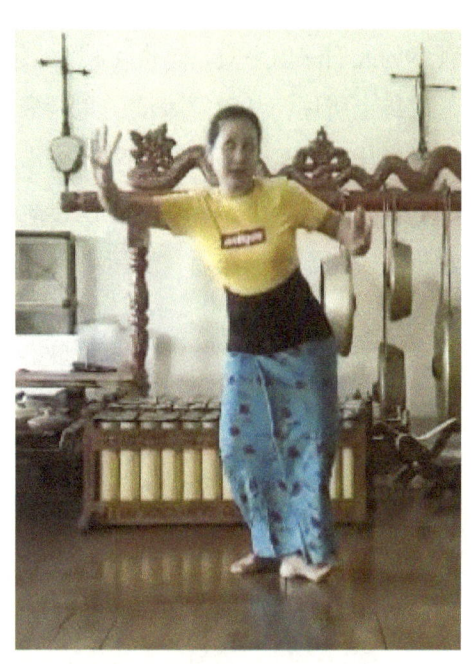

图28　巴厘舞者的面部表情[2]

所以在印尼舞蹈中也会有许多表现动物的情节与舞蹈。"[3]

这种睁大眼睛的表演方式在当地存在另一种说法，即模仿巴厘岛上的另一个神灵——巴龙（Barong）。巴龙是巴厘当地善神的化身，拥有守卫村庄的力量，他的标志性形象是大而圆的眼睛（图29）。现如今在巴厘所有印度教寺庙中、印度教家庭的门前均可以看到巴龙的塑像（图30），目的是驱赶恶魔。在巴厘，巴龙与女巫兰达（Rangda）斗争的故事是家喻户晓的。这个故事虽未记载于印度教经典，但巴龙神兽的名字原本是梵文中"熊（भालू）"的意思，巴厘岛上从来没有出现过熊，所以当地人想象中的熊就成了长毛长尾，又像狮又像犬的动物，由此可见巴龙神也应源自于印度文化。后来，在巴厘以巴龙和兰达的故事为蓝本，形成了带有故事情节的舞蹈，也

---

① 明文军编著《东方舞蹈文化比较研究文集》，上海音乐出版社，2004，第199页。
② 图为中央音乐学院外教Titik，由本人拍摄。
③ 明文军编著《东方舞蹈文化比较研究文集》，上海音乐出版社，2004，第200页。

可以说是一种舞剧，共有5幕。在舞台上，巴龙由两个人像舞狮一样表演，一个负责摇头，一个负责摆尾。故事梗概为女巫兰达用巫术控制了一些村民，让他们把原本打算刺向兰达的利刃转向自己的胸口，每当这时，会有真正的印度教祭司走上台来用圣水洒向村民来解除兰达的咒语，最后以巴龙打败女巫兰达，为村民们换来了和平而结尾。所以，巴厘舞者在舞蹈时总是睁大眼睛这一特征，也可能在模仿巴龙神，为现场观赏的人们保佑平安，这也可视为一种印度教仪式的象征。

综上所述，从舞蹈表演的角度来看巴厘《罗摩衍那》舞剧，发现其并不是单一的一种文化的呈现：不仅蕴藏着印度卡塔卡利舞蹈的风格特征，还借鉴着印尼爪哇舞蹈的动作元素，此外又保留了巴厘传统戏剧人偶戏的表演形式。舞蹈表演在其中不仅仅承担着表达剧情的作用，还承载着传递巴厘文化与巴厘印度教奥义的作用。

图29　巴龙舞剧①　　　　　　　　图30　巴龙雕塑②

第三节　巴厘《罗摩衍那》舞剧中舞台空间的文化融合

初看这部《罗摩衍那》舞剧，大多会被舞台上光怪陆离的布景、演员们夸张狰狞的表情以及巴厘佳美兰那金属般振聋发聩的声响所吸引。纵览整部舞剧，其舞台布景

---

① 图片源于网络：https://qiye.58pic.com/newpic/39044488.html
② 图片源于网络：https://qiye.58pic.com/newpic/42327672.html

虽然不会像西方歌剧舞台那样随剧情发展而更换，会令人稍显乏味，但却能将整个舞剧的氛围紧紧固定在巴厘传统景观下，而这些景观通常以巴厘印度教寺庙风格的建筑为依托，让观众们无时无刻不沉浸在专属于巴厘的环境中，赏味着这部舞剧。除此之外，这部舞剧舞台的空间构造还借鉴了西方剧场的理念，再结合当地传统剧场模式，形成了既适宜现代审美又符合传统戏剧演出模式的独特舞台。接下来，笔者从舞台空间的角度，探索巴厘《罗摩衍那》舞剧的舞台体现出了哪些文化的样貌，它们又是如何融为一体的。

"'空间'一词在戏剧中具有三重含义：一是戏剧演出所需的真实的、有范围限定的生活空间，即演出活动的场所，我们称之为'剧场大厅'；二是戏剧行为和情节集中展开的平台，即'舞台'；前两者我们可以统称为"剧场空间"。三是戏剧自身建构的具有特定情境的时空结构，演出的内在逻辑只在这个结构中起作用，即'戏剧空间'。"① 根据定义我们得知"空间"并非单一元素所构成，而是要从剧场大厅、舞台布景和戏剧的时空结构三方面去研究一部作品。作为巴厘传统戏剧的延伸，巴厘《罗摩衍那》舞剧是否在这三方面延续了传统舞台空间的模式？我们来寻找两者的共通之处：

第一，剧场大厅与巴厘传统戏剧一样均置身于露天的自然环境之中。通常，表演者们在舞台中央表演，佳美兰乐队位于舞台两侧为之伴奏，这样方便声音的扩散，使此表演最大程度地扩散开来。

第二，舞台布景大多依靠自然景观。舞剧的舞台背景布置一般为充满印度教风格的大门，这里也是演员上下台的入口。大多数舞剧在寺庙或宫廷门前的广场上演，寺庙或宫殿的大门就成了它自然的布景。即使舞剧在专业舞台上演，那么舞台上则要放置一扇印度教风格的大门为背景道具。巴厘人将生活的原态变为戏剧场景，现实生活与戏剧艺术之间可以随时转变，不会刻意追求表演形式，将艺术贴近生活、融入生活。

第三，无论是巴厘的传统戏剧舞台还是舞剧舞台，均非常强调"对称性"。在巴厘《罗摩衍那》舞剧中罗摩与悉多两位主人公初次进入舞台时，两位表演者一左一右，等距离站在舞台的两端，摆出"阿格姆"（Agem）造型（图32）。这种站位方式是巴厘传统戏剧舞台美学的一种常见形式，当地人称为"贝杜姆卡朗"（Pedum Karang），原意为领土划分，引申到舞台表演上则为舞台的对称与平衡。在巴厘的任何表演艺术中，无论是单纯的舞蹈还是戏剧，编舞者经常会运用"贝杜姆卡朗"这种

---

① 郭斯嘉：《整体语言、整体空间与整体表演——论安托南·阿尔托的残酷戏剧观》，复旦大学博士学位论文，2010，第100页。

舞台美学形式进行创作，它已成为当地舞台空间布局的传统手段。通过图33-1~33-3可以看出两位表演者无论是面对面还是背对背，甚至是移动交叉时，都会刻意地站成等距离。在表演者的心里，舞台就像跷跷板一样，会尽量避免一侧重量倾斜。每位表演者都会通过视觉目测着舞台的平衡点，均匀地分配着表演空间。

图32 "阿格姆"造型①

图33-1 面对面站位②

图33-2 移动交叉站位

---

① 本人拍摄
② 本人拍摄

图33-3　背对背站位

但是，巴厘《罗摩衍那》舞剧毕竟为现代产物，在某些方面融入了现代西方戏剧舞台理念，所呈现出的样貌便或多或少地脱离了巴厘传统戏剧的舞台空间模式：

首先，剧场大厅已不完全受宗教限制。早在印度教前身的婆罗门教典籍《梨俱吠陀》中就将世界分为了三个部分：天界（外太空）、空界（大气层）和地界（我们生活的地方），印度教传到巴厘岛之后，巴厘人也将宇宙垂直分为了三界：上界（天宇）、中界（地上）、下界（地下），所以巴厘人的世界观成形于三界概念。沿着"三界"的观念，当地官方也将音乐、舞蹈、戏剧等表演艺术分为了三种，分置于瓦里（Wali，神圣的）、贝巴里（Babali，仪式性的）、巴里赫巴里汗（Balih-balihan，世俗的）三大类别中。在巴厘，以印度史诗《罗摩衍那》为题材的表演，因其与生俱来的宗教性质，常常被放置于第二种类型中——贝巴里（Bebali），比如前文所述的人偶戏。"Bebali的活动并不是与仪式合并的，但胜似仪式，且与仪式相匹配，它们常与巴厘岛中期历史的音乐风格相呼应。"[1]这种半仪式性质的表演所面向的观众既有神灵也有人类，它们虽然不是宗教仪式的一部分，但却是印度教徒的精神寄托，因此属于半神圣半世俗性质的艺术，在寺庙的中间部位上演。但是，巴厘《罗摩衍那》舞剧却并不完全遵守这项规定，从它初生伊始便作为文化宣传的手段，面向国内外游客表演，因此它的演出场所通常位于寺庙外部的舞台上，甚至远离寺庙的旅游景区的空旷广

---

① 〔美〕利萨·戈尔德：《巴厘岛音乐》，于晓晶、郑隽逸译，管建华审校，江苏凤凰教育出版社，2016，第29页。

场上，演出空间已不完全受宗教所限制，现在更多的是依据政府安排或观众密集度而定。

其次，舞台类型方面。传统戏剧的舞台使用"270度""三面试舞台"（Thrust Stage，图34），而舞剧的舞台使用"镜框式舞台"（Proscenium Stage，图35）。"这些表演（巴厘传统戏剧）另一个区别于传统戏剧的重要特点是镜框式舞台的使用。记住，在传统的背景中，观众围绕在表演场地的三边，这对编舞的影响是，需要线性使用舞台空间以使舞者面对观众。"[①]所谓"三面式舞台"是指"观众从三面围观舞台，场景主要表现手段为舞台面、背景面和上空景，舞台前区主要为立体景，后区或内台可用平面景，舞台面较低，观众主要以俯角观剧。"[②]而所谓"镜框式舞台"是指"构造为舞台的台口竖起宽大的矩形台框，以一道拱形的墙固定演出空间，演出空间（即舞台）面向剧场大厅，以帷幕将观众和演员隔开。"[③]巴厘《罗摩衍那》舞剧的舞台继承了巴厘传统戏剧舞台空间模式的同时，又仿照西方戏剧传统舞台的空间模式，形成了"开放式"舞台。"镜框式"在于它将表演空间固定，仅留一个台口面向观众，使演员与观众区分为两个空间。"开放式"在于巴厘舞剧的镜框式舞台上不设有幕布，且舞台两侧也没有隔板挡住，而是放置佳美兰乐队将表演空间与外界形成隐形隔离。巴厘舞剧中乐队的位置与舞者表演的舞台呈水平线，不会像西方戏剧（歌剧）中将乐队置于凹陷的乐池中，低于舞台，这一点也说明了在巴厘表演艺术中舞蹈、音乐、表演的并重，无高低之分。

最后，观演关系方面。传统戏剧中的演员在不表演时不会完全离开舞台，而是坐在佳美兰乐队旁边休息，充当观众的角色，时而与身旁的朋友交流心得，这时演员与观众的身份便为同一体。而舞剧的舞台更为严肃，像西方的常规戏剧那般，演员有固定上、下场的位置，下场后也不能随意进入观众和乐队区域，而是在后台等候，再加之镜框式舞台的隔离，观众席的视线只能单方向的平视，这样一来便切割了演员与观众的联系。

①〔美〕利萨·戈尔德：《巴厘岛音乐》，于晓晶、郑隽逸译，管建华审校，江苏凤凰教育出版社，2016，第104页。
②魏大中等编著《伸出式舞台剧场设计》，中国建筑工业出版社，1992，第33页。
③郭斯嘉：《整体语言、整体空间与整体表演——论安托南·阿尔托的残酷戏剧观》，复旦大学博士学位论文，2010，第100页。

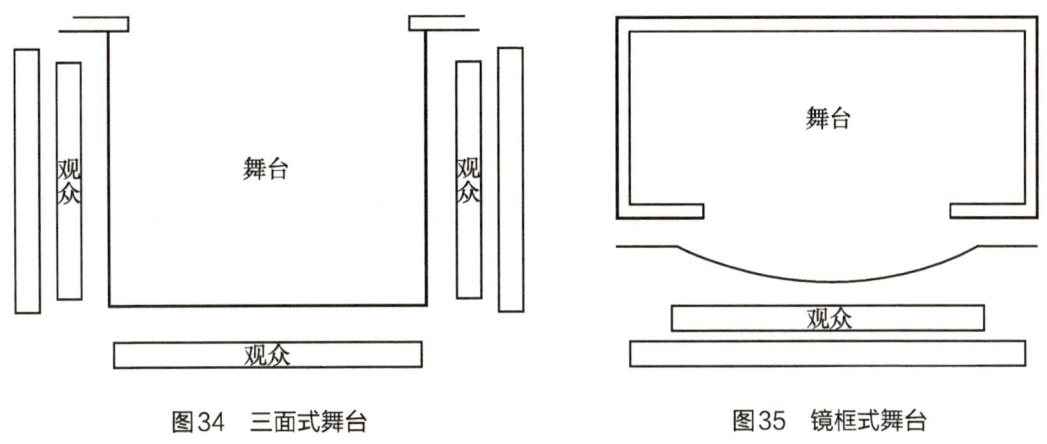

图34 三面式舞台   图35 镜框式舞台

　　综上所述，从舞台空间的角度看巴厘《罗摩衍那》舞剧，它既保留了巴厘传统舞剧的形式，还恰到好处地注入了一些现代西方舞台的元素。这样在保持传统的同时，加入时代元素，非常符合当代人对传统舞剧文化的审美与追求。

第五章

印尼巴厘《罗摩衍那》舞剧的文化认同

第一节　文化认同及相关理论

一、文化、认同与文化认同

首先，何为文化？我们对该词追根溯源，中国从商朝起对"文""化"二字就有了最初的释义：甲骨文的"文"字是一个在胸前画着花的人形，指画在人身上的美丽的纹身，所以"文"字有美丽、漂亮之意；甲骨文的"化"字是两个人字一正一倒叠在一起，本意是指变化，后在《说文解字》中将其引申为教化——"教行也。从七从人，七亦声。"①可理解为通过教行，以上化下，指有地位、有知识、有德行的人教化无地位、无德行的人跟从自己。儒家学说更是将文化置于崇高地位，并提出"仁者爱人""民贵君轻""有教无类"等思想。认为"性本恶"的荀子更是主张只有通过教育教化，才能使人去掉恶的本性从而达到成圣成贤的目的，并首次提出"尊师重教"思想。而"文化"二字连起来使用则是到了晋代，如"文化内辑，武功外悠""设神礼以景俗，敷文化以柔远"等。在汉语系统中，"文化"的本义就是"以文教化"，以期达到对人的性情陶冶、品德修正、精神塑型。可以说在中国古代所指的"文化"，主要是以非暴力的、非强制性的方式来实现人的社会化。

那么，西方对"文化"概念的定义是什么呢？英文单词"文化（Culture）"一词，源于古拉丁语"Colere"，原意为耕作、栽培、养育等。而后，从"Colere"派生出了"Cultura"，意思是土地耕种，因为罗马政治家西塞罗把"精神修养"比作"耕耘了生长果实的土地"。此后，西方语境中的"文化"概念均在此基础上逐渐发展和演化。由此可见，在西方古代思想中，凡自然物经过人的心智活动、劳动而创造的成果，即为"文化"。随着时代的推移，人类对"文化"的认知逐渐发生了转变。特别是18世

---

①〔汉〕许慎撰，〔宋〕徐铉杨校订：《说文解字》，中华书局，1963。

纪后，西方思想界对文化概念的解读发生了巨大的变化，"文化"逐渐作为一个名词被理解为某一特定社会的生活方式总和。19世纪，英国人类学家泰勒（Edward Teller）对其进行了这样的描述："文化或文明，就其广泛的民族学意义来说，是包括全部的知识、信仰、艺术、道德、法律、风俗以及作为社会成员的人所掌握和接受的任何其他的才能和习惯的复合体。"①与人类学家的倾向有所不同，社会学家则认为文化可以表现那些行为者确定自己的身份，以及与其他社会成员的关系的规则。他们重点研究文化的"行为模式和社会规范的出现、相互关联、起作用和被修改"。在此基础上，我国当代社会学家佐斌对文化进行了这样的解读："文化是带有人的痕迹的一切，它以有形和无形的方式渗透到人们社会生活的方方面面，构成了个人、民族、国家的血脉。文化可以分为物质文化和精神文化，由人所创造，也对人产生直接影响。"②通过上述论述，可以看出无论是中国还是西方，无论是人类学领域还是社会学领域，对文化的认知都离不开"人"，文化体现着人类最本质的力量，又极具复杂性。③

其次，何为认同？认同（Identity）原本是一个心理学概念，起源于精神分析学派专家弗洛伊德（Sigmund Freud），他认为"认同是个体与他人、群体或被模仿人物在感情上、心理上趋同的过程"④。在此基础上，美国心理学家埃里克·埃里克森（Erik Erikson）提出了"认同危机"，他认为认同是"一种熟悉自身的感觉，一种知道个人未来目标的感觉，一种从他信赖的人们中获得所期待的认可的内在自信"。之后，又经历了吉登斯（Anthony Giddens）的"个体依据个人的经历所反思性地理解到的自我"、泰勒的"我是谁"、亨廷顿的"个人认同与群体认同"等历程，如此西方学者形成了两种层面的认同观念，即微观层面和宏观层面。微观层面更强调人类的个体行为与心理，宏观层面则更强调个人与社会的联系。倘若将微观与宏观两层面结合起来，会发现它们可以形成一条更完美的认同理论——具有相同心理特征的人们通常会采取一致行动来维护、保持和提高他们的共同认同。所以，拥有共同民族认同的群体往往能作为一个单位，共同行动。正因为认同理论这两层面的串联，使该理论的认识从个人上升到社会，也越来越多地使用在人类学和社会学等诸领域。"认同理论不仅详细解释了这一共同心理联系的结构与动力，它也提出了社会与政治环境模式，这一模式

①〔英〕爱德华·泰勒：《原始文化》，连树声译，广西师范大学出版社，2005，第1页。

② 佐斌、温芳芳：《当代中国人的文化认同》，《中国科学院院刊》2017年第2期，第176页。

③ 以上论述，根据何平的《中国和西方思想中的"文化"概念》一文总结与整理，载《史学理论研究》1999年6月1日。

④ 车文博：《佛洛伊德主义原理选辑》，辽宁音乐出版社，1988，第375页。

有可能创造这种联系，并且引发与它联系在一起的保护提高行动。"①

最后，何为文化认同（Cultural Identity）？文化与认同两个词语原本毫不相干，但从本质上来讲，文化和认同都属于在不同时空下顺应民族或族群的需要才被塑造和建构出来的，所以从20世纪50年代初期起，随着认同理论的不断发展，西方学者们将认同的定义逐渐从个人带到社会或文化关系中，文化与认同自然形成了纽带关系，正如英国文学家雷蒙·威廉斯（Raymond Williams）所说："人们的社会地位和认同是由其所处环境决定的，文化具有传递认同信息的功能。当一种文化遇到另一种文化时，首先遇到的就是'认同'问题，'认同'需要一个建构的过程。在现代社会，文化与认同常结合起来形成特定的文化认同，作为个人或群体界自我、区分他者、加强彼此同一感、拥有共同文化内涵的群体标志。"②可见，文化认同是在一个区域内长期共同生活的人们所逐渐形成的对该区域核心基本价值的默认，是该区域、该民族，乃至该国家的精神基础。

基于以上定义，我们可以这样理解："文化认同"即从"不同"之中认出"同"。狭义地说，它可以是家庭文化、社区文化和企业文化的认同；广义地说，它还是城市文化、民族文化和国家文化的认同。任何主体在交往初期由于文化差异造成的矛盾冲突是固然存在的，但创造文化的主体"人"是有共性的，比如生老病死、衣食住行等基本生活规律，再比如对音乐感受的共情，等等。所以，我们要从"人"的角度去研究就可能寻求到共性，从而实现不同文化之间的认同。这些具有相同文化背景的人们，不单单是表面上对文化形式的认同，也要逐渐深入进文化的内部，对其规范与价值也表示认同，由表及里的使人产生归属感、安全感，这才是真正的文化认同。

文化认同对个人、社会、民族，乃至国家都起着巨大的作用。对个人而言，它引导着个人的价值体系和观念行为；对社会群体而言，它具有增强群体凝聚力的功用；对民族、国家而言，它是民族和谐团结的根基，是社会稳定、国家富强的重要因素。由于经济、政治全球一体化的飞速发展，导致现代人们的身份及其文化归属感出现了模糊化的倾向，不能仅用区域、民族等方式去划分，而是要将其放置在一个现代、流动的大语境中去审视。现如今西方学界的目光也较多地集中于"全球化与现代性对个体或群体认同的意义"③，文化认同变得越来越具开放性和变动性。现代的文化认同，

---

① 〔美〕威廉·布鲁姆（William Bloom）：《认同理论：其结构、动力及应用》，王兵译，《社会心理研究》2006年第2期，第70页。

② 何平立：《认同政治与政治认同——"第三条道路"与西方社会政治文化变迁》，《江淮论坛》2008年第4期，第1页。

③ 胡斌：《文化认同与现代表征 百年上海古琴文化变迁》，音乐上海学丛书，上海音乐学院出版社，2017，第25页。

更多的是多种文化交融在一起，相互之间尊重、包容、接受与互通，从而产生认可，因此多元文化与跨文化理解成了现代文化认同理论中的重要议题。

二、音乐的文化认同

音乐作为文化中的一个子门类，其实早在20世纪50年代，梅利亚姆提出三分模式（概念、声音、行为）开始便与认同理论产生关联。80年代初，美国民族学家克里斯·沃特曼（Chris Waterman）首次运用"认同"这一术语，才逐渐有意识地将音乐纳入文化认同的研究范畴，形成了针对音乐的文化认同理论。随后的几十年，这一研究趋势逐渐在国内外的民族音乐学领域扩展开来。"'音乐与认同'主题的讨论更重要的是提供一种多样性、多层面、多种研究方式的理论视角转向，它为民族音乐学个案研究提供细致的、经验的感受，同时，为人类学认同理论研究提供一种新的切入点。'音乐与认同'研究实际上是从人类学文化层面认识音乐，当我们面对同样一个研究对象，不论族群还是文化都是从综合到细分的过程，都是从文化的角度出发。"[①]音乐与文化认同的结合，不仅为认同理论提供了不同的研究视角与人文关怀，同时认同理论的注入也为音乐的研究扩大了视野、增加了手段。所以，两者的结合，无论是对人类学领域还是音乐学领域都得到了极大的扩充。为此，我国音乐学者杨民康先生对其作出了这样的解释："音乐文化认同，应该依据文化与音乐（或音声，艺术/非艺术）的两重标准，并且允许存在主位和客位的两种视角。其中，侧重内心听觉及感性体验的主位视角，是一种研究音乐与认同的较佳的认识角度；相比而言，较侧重于乐种、音声的风格类型辨析的客位视觉，对于研究者和其他关注者来说，虽然是一种不得已而为之的认识和研究角度，但若在合适的环境条件下，仍然能够起到某种为主位视角所不能取代的特殊性作用。"[②]

近些年，随着社会结构的更新与转变，文化产业的飞速发展，进而导致人类身份及文化归属界限的模糊，特别在"流动的现代性"这种状态下，认同也变得越来越具有开放性和变化性。音乐的文化认同固然要从过去传统的社会身份认同转为新的、更为复杂的认同方式。面对当今多元融合、复杂多变的社会文化环境时，音乐人类学与民族音乐学的研究方法必须要因地制宜、因时制宜。那么，今天的音乐文化认同理论也必须要随着不同的音乐形态与不同的文化语境而做出相应的调整。在当今的社会

① 魏琳琳：《"音乐与认同——民族音乐学与人类学的跨学科对话"学术研讨会述评》，《民族艺术》2017年第5期，第124页。
② 杨民康：《"音乐与认同"语境下的中国少数民族音乐研究——"音乐与认同"研讨专题主持人语》，《中央音乐学院学报》2017年第2期，第8页。

中，多元文化共存的现象比比皆是，我们已然不能再用单一的视角去观察某个文化，而是以"二元"甚至"多元"的观念去面对研究对象。"倘若在研究对象眼中，这是一种音乐或艺术现象，那么，这便属于音乐认同的范畴；倘若在研究对象眼中，这不能视为一种单一的音乐艺术现象，而是一种在其他文化的观念、行文驱使下，在一般文化情境中产生的音声产品，那么，就应该纳入其他文化认同的因素，而视为多重文化认同类型。"①由此我们应当意识到，在音乐文化认同这一特殊领域中，若仅持一种视角是远远不够的，应将其放置于大的文化语境中，借助多重文化视角，才能更全面、更有效地运用文化认同这一方法论。

在第四章中，笔者已经论述了本书的研究对象——巴厘《罗摩衍那》舞剧是文化融合的产物，多种文化聚集于一身，这个"多元融合"的文化现象不仅得到了当地居民的认同，还得到了整个民族、国家的认同，甚至吸引到国外游客的目光。那么，为何在流行文化冲击的今天，依然能灿烂绽放在巴厘地区，并受到整个印尼国家、甚至国外观众的认可？当我们从文化认同的角度探索这部表演艺术作品时，或可窥见端倪，从而为中国舞剧艺术的未来发展带来启示。

第二节　印尼巴厘《罗摩衍那》舞剧的文化认同

在巴厘岛以《罗摩衍那》为题材的戏剧作品不在少数，从传统的哇扬戏（Wayang）到合唱剧（Kecak）再到现代的舞剧（Sendratari），好似印度史诗《罗摩衍那》已遍布巴厘传统戏剧的所有体裁。即便这些不同种类的戏剧总是不断重复着相同的题材内容，但它们的每一次再上演依旧让观众们兴奋不已。这不禁让笔者陷入了深深的思考，为什么20世纪60年代在巴厘传统艺术思维下创作的巴厘《罗摩衍那》舞剧，时至今日它的每一次上演还能如此引人注目？

笔者认为，首先要归功于其题材的世界认可度。作为印度的第一部诗作，无论在印度文学史上还是世界文学史上均占有崇高地位，其已被译成英文、中文、德文、法文、俄文等语言，特别对南亚和东南亚各国的文学影响最大，甚至影响到当地人的思想。像印度的拉姆里拉戏、泰国的孔剧、缅甸的傀儡戏、柬埔寨的斯贝克托姆（高棉皮影戏）、印尼的哇扬戏等戏剧种类中都有《罗摩衍那》的身影。甚至有学者还认为，

---

①〔美〕安东尼·西格尔（Anthony Seeger）：《苏亚人为什么歌唱：亚马孙河流域印第安人音乐的人类学研究》，赵雪萍、陈铭道译，上海音乐学院出版社，2012，第203页。

中国四大名著《西游记》中的孙悟空，其原型亦是来自于《罗摩衍那》中的猴神哈努曼。可见，《罗摩衍那》在世界各国的知名度与认可度不可小觑。这不禁让笔者联想到近十年来在海外最火的中国作家——刘慈欣，他凭借一部小说《三体》荣膺科幻小说界的"诺贝尔奖"——雨果奖，并直接在海外引发了"刘慈欣"现象。《三体》首度将中国科幻推到了世界之巅，一举让国人看到了国产科幻小说的实力崛起，也让世界看到了中国科幻文化的光芒。为何一部以中国故事为题材的土生土长的中国科幻小说，能够在国际舞台上引起这么大的反响？因为科幻这种文学体裁，自带能跨越多种文化背景的属性，比起其他文学体裁，更容易引起不同文化背景人的共鸣。而大家所关心的终极问题，比如人和宇宙的关系、人类未来的命运等，这些也都是不分国籍、地域的，是全人类共同关心的问题。

再来看看本书的研究对象巴厘《罗摩衍那》舞剧，《罗摩衍那》能够传播遍及整个东南亚，这与《三体》火至全球是一个道理，即其中蕴涵着全人类共通的价值观——精神、人性、道德和信仰，使世界人民都能够从中找到所追求的典范。《罗摩衍那》中主人公罗摩王子是忠孝仁义、恪尽职守的男性典范，悉多则是贤良淑德、忍辱负重的女性典范，以及其他典型人物的美好品质等，这些可以归结为积极的价值观一类，不仅是印度教信仰之人学习、效仿的榜样，也是全人类共同的价值追求。在那个文化传播还相对不太发达的世纪之初，《罗摩衍那》的传入，无疑让原生文化较匮乏的巴厘人民有了一座启明灯，如获至宝。时至今日，这座启明灯依然照亮着巴厘以及整个印尼，甚至东南亚这片热带土地。

其次，要归功于巴厘《罗摩衍那》舞剧内部的多元文化融合，这些多元文化又分别让各国家、各民族的观众在其中找到了各自的归属感。第一，巴厘《罗摩衍那》舞剧扎根于印尼土壤之中，无论舞蹈动作的取材，还是伴奏乐队的运用，抑或是唱词语言都直接或间接地来源于爪哇文化，且巴厘《罗摩衍那》舞剧最初就是移植于爪哇的《罗摩衍那》舞剧，即使经陪拉沙先生和众多巴厘艺术家们的创造与改编，现已完全巴厘化，但在剧情结构、舞台走位等方面仍延续了爪哇的版本。爪哇社会是构成印尼国家的主体，因此该舞剧得到了整个印尼人民的认同；第二，无论是《罗摩衍那》史诗，还是巴厘的舞蹈与音乐，追根溯源，它们都与印度有着千丝万缕的联系，都与印度文化息息相关，是东南亚国家"印度化"的一种呈现。因此，该舞剧不仅得到了印度教信徒的认同，还得到了印度教流经国家民众的认可。

再次，该舞剧的创作方式并非保守封闭，而是推陈出新，吸收了许多西方现代戏剧观念，比如在表演空间设计方面，将西方戏剧理论与本土戏剧剧场理念相结合，形成了一个既能适应现代社会，又依旧保持传统的全新舞剧。因此，青年一代以及国外观众也对这部舞剧喜闻乐见。由此可见，作曲家陪拉沙先生在创作巴厘《罗摩衍那》舞剧时，其目光并没有局限在某一个小范围，而是大胆尝试但又不离其宗，在保证其核心部分——《罗摩衍那》所传达的印度教教义与精神不变的基础上，又采取多元布局的方式不断渗入到不同的圈层，通过多种文化的参与与融合，去满足更多类型观众的差异化需求，为当地观众不断打开精彩纷呈的新世界的同时，将更多不同文化背景的观众纳入到巴厘《罗摩衍那》舞剧的受众体系中。所以，这种以《罗摩衍那》的人物、世界、故事为基底，以音乐、舞蹈和表演为载体的巴厘《罗摩衍那》舞剧也逐渐转化为一种文化认同，沉淀于大众的内心。多元文化的融合、多元思维的渗入不仅造就了更多的可能性，也使巴厘《罗摩衍那》舞剧对印尼的影响越来越深远，印尼政府也将其作为一种国家形象的文化认同，大力推广。

巴厘《罗摩衍那》舞剧多元文化融合的现象，并不是一个个例，而是整个巴厘岛上的文化艺术都是如此，巴厘人民早已习惯了这种多元文化共存的生活状态，无人觉得蹩脚或突兀。由于巴厘四面环海，贸易频繁，巴厘人非常善于学习与吸收外来新鲜事物，将其优秀的一面与本民族文化融为一体，最终成为自己文化生活的一部分。印度教自传入巴厘开始，便杂糅了本土原始宗教的精神，但随着雅利安人以武力征服印度次大陆而来的种姓制度和男尊女卑的风俗，却没有在巴厘掀起太大的波澜。同时，印度教典籍森严的等级制度也没有完全被巴厘人民接纳，留下的则是万千神灵的史诗、神话与传奇，它们共同雕琢出了古色古香、优雅精致的巴厘艺术。正如前文所述，巴厘人的哲学讲究万事万物的平衡，对生与死、善与恶、得与失不强调主观好恶，只认为存在即合理。就像在巴厘经常见到的标识性建筑——善恶门，又称为"阴阳门""生死门"，其造型非常独特，很像是一座山从中间被劈开了两半，在门的两旁各有一尊雕刻精美的神兽守护着，分别代表着善与恶，这也是巴厘印度教的典型建筑。它反映了巴厘印度教教义在巴厘居民心中的教化价值和行为准则，即当地居民的善恶观——人世间善恶并存，神鬼之间势均力敌、互相牵制。这世上的善与恶，从来不会因为人们的好恶而消长，这两种力量同时存在着、对抗着，共同支配世界。所以在巴厘人的价值观中，万物的和平共处、均衡发展才是他们真正追求的，这也是为何巴厘长久以来，能让各种不同地区、民族的文化如此和谐平等、共同繁荣的原因。

与其说这是巴厘人的价值观，不如说这也是整个印尼人民的核心价值观。我们知道，印尼在独立前的麻喏巴歇时代，印尼群岛地区的主导部族为爪哇族，而主导文化是印度文化，可见这里自古以来就以多元性而著称。"据史料记载，爪哇岛的中国人、阿拉伯人、波斯人和印度人都能和谐相处，基本没有发生过印度教主体族群向非印度教少数族群施压的情况。"① 在苏加诺时代更将印尼的立国基础和指导思想定为"潘查希拉"（Pancasila），即"信仰神道、公正和文明的人道、印尼的统一、协商和代表制指导下的民主以及印尼全体人民的社会公众，旨在融合社会多元性与民族共识、为印尼国家的整合提供价值基础"②，亦是"崇尚自然、崇尚和谐、强调等级"③。从"信仰神道"这一条来看，就能体现出其政策的包容性。苏加诺用"神道"观取代了伊斯兰教，有意强化了印度教、基督教和佛教等少数族群的地位，肯定多元宗教的合法性。虽然印尼国家以爪哇人居多，爪哇社会大多数以信仰伊斯兰教的穆斯林为主，但爪哇的伊斯兰教却与其他国家和地区的伊斯兰教不太相同，它是传入印尼的伊斯兰教与当地已有的爪哇原始宗教、印度教相结合的产物再融合而产生的。"他们所重视的是自己的行为和精神，也就是说他们是在内心里祈祷、礼拜。他们也不重个人利益和得失，认为自己有义务尊重社会秩序和接受现实，尽量避免公开的冲突，重视学习，并学会自我控制，维护和巩固他们内心的道德标准。"④ 到了世纪之交的民主改革时期，更是印尼国家多元文化主义的整合时期。"民主改革时期的历任印尼总统都主张法律面前人人平等，支持多元文化主义，陆续批准人权问题国际公约和消除一切种族歧视的国际公约，反对种族主义和种族歧视，切实改善少数族群地位，满足多样性社会的多元化发展需求。"⑤

通过上述对印尼国家文化政策的发展脉络的梳理可以看出，针对印尼自古以多元文化族群组成的国家，一直沿用多元文化政策，使这个多元化的国家更为宽容地接纳文化差异，才能使自身更加团结、一体的发展。就像本书的研究对象——巴厘《罗摩衍那》舞剧那样，无论是何种音乐元素，无论是何种文化元素，均可以合理地安排在一部完整作品之中，通过共同书写历史记忆的方式，和平渐进地把国家内部不同宗教文化下的族群融合统一，增加了国家的文化认同感。

巴厘《罗摩衍那》舞剧的诞生，可以说顺应了时代发展的潮流，塑造了一个生动、真实的巴厘文化形象，潜移默化地影响着印尼人的世界观与价值观，是一种具有更高格局、更深层次的文化。根据巴厘人审美创作出来的巴厘《罗摩衍那》舞剧，既

---

① 张燕：《同化主义与多元文化主义：印度尼西亚文化政策的演变》，《南亚东南亚研究》2020年第3期，第127—128页。

② 张燕：《同化主义与多元文化主义：印度尼西亚文化政策的演变》，《南亚东南亚研究》2020年第3期，第129页。

③ 朱刚琴：《潘查希拉的提出及其文化根源》，《东南亚研究》2008年第2期，第87页。

④ 朱刚琴：《潘查希拉的提出及其文化根源》，《东南亚研究》2008年第2期，第87页。

⑤ 张燕：《同化主义与多元文化主义：印度尼西亚文化政策的演变》，《南亚东南亚研究》2020年第3期，第133页。

能够展现巴厘本土文化、爪哇文化，又能够呈现印度史诗的艺术价值，几千年来文化的融合都在这一部舞剧中得到了充分的体现。印度与印尼文化的融合自然真诚，宛如原本就是一个大家庭，在长期的交流与交往中彼此尊重、认同、理解和包容。总的来说，在艺术作品中，多种文化的相互碰撞是不可避免的事实，任何文明也不可能独善其身的发展。不同思想与文明的碰撞，不仅弘扬了本民族的优秀文化和精神品质，也为世界上不同文化的共同生存与发展做出了贡献。

第三节　对中国舞剧的启示

在本章的第二节中谈到，正是由于巴厘人多元文化观念的不断加深、加固，使多种文化能够和谐共存于一部贴着传统标签的现代舞剧中，此部舞剧承载着区域、民族、国家的文化使命，得到了广泛的认可。所以，"文化认同"这一理念在巴厘或者说在印尼的社会生活中是相当普遍的。其实，中国从古至今，人们也在寻找"文化认同"。从夏朝的"家天下"到孔孟的"圣贤文化"皆如此。从政治的角度来看，寻求"文化认同"的根本目的在于使具有相同文化认识的人团结起来，使不同的文化处于共同的认同之中，达到社会和谐稳定。在历史上那些功名显赫的帝王无不通晓此理，如秦始皇"书同文，车同轨"、唐太宗接受夷狄文化与四海之民"爱之如一"等等。"文化认同"在西方世界也依然发挥着重要作用：公元16~19世纪欧洲殖民者强占了美洲领土，如今生存在美国的印第安人，他们虽保留着自己的部落传统习俗，使用着自己的语言、信奉着原始宗教、学习着同样的历史典故，但他们同时也接受着新的生活方式、新的规则，适应着现代文明，认同着欧美文化。

从音乐的角度来看，我国古代音乐一直秉持着多元文化融合的观念。早在西周时期的六代乐舞中便有"四夷之乐"之称的古乐舞——"王朝四周各部族的舞乐、歌曲"[①]；公元4世纪从龟兹等西域诸国传来的筚篥，传入中国后发展成我国传统民族乐器管子；隋唐时期，宫廷燕乐中的"七部乐""九部乐"亦是中原音乐与西域音乐的交融；明朝时期，随着中国与西亚、东亚往来日益密切，萨泰里琴也随着海上丝绸之路从中东的亚速、波斯等阿拉伯国家传入我国，后经过中国民间艺人的改造，逐渐形成了我国的民族乐器扬琴。当然，还有唢呐、琵琶、箜篌等这些外来乐器，经过中原文化的洗礼后，发展成本国的乐器，甚至还创作产生出了符合中国人审美习惯的作品。

---

① 孙继南、周柱铨主编《中国音乐通史简编》，山东教育出版社，1993，第23页。

上述种种，都说明了我国古代音乐在中原音乐为根基的前提下，广泛吸收着外来音乐文化，并与自身音乐相结合，形成了多元文化汇集于一身的"中国音乐"，甚至传播到海外，使很多国家都接受了中国音乐，并达到了普遍的认同。然而，自20世纪初学堂乐歌伊始，中国音乐的发展便受到西方音乐的强势影响，不仅被划分为传统音乐和新音乐两大类，"师夷长技以制夷"的思想被强行运用到音乐中，随着西方音乐为主流的样态初露端倪，传统音乐也如同断裂一般，逐渐被边缘化。直到现在，我们仍一直受到西方文化浪潮的影响，即使中国民族音乐家已经在奋力崛起，但不得不承认，目前的中、西音乐还处于一种不平等的状态，中国传统音乐仍然还在寻找一条合适的出路。可是，我们的邻国印度、韩国、日本等，同为亚洲国家，他们本民族音乐文化输出相当惊人。比如韩国最受追捧的"韩流文化"，其本质是韩国传统文化与西方现代文化结合的产物，是一种融合的文化。起初韩流文化的"主战场"基本分布在东亚以及东南亚，在这些地区拥有数量极多的粉丝群体。后来随着元素多样化、作品更具创新性以及宣传力度加大等因素，韩流这股风也刮到了欧美地区，受到了西方年轻人的追捧。再来看看印度文化、西方文化、爪哇文化与巴厘本土文化相融合的巴厘《罗摩衍那》舞剧，亦得到了相关地区人们的文化认同，再加上国家政府的支持与宣传，使其成为巴厘文化输出的典型代表。上述说明了在现代社会中若想本民族文化得到发展、传播，必须将自身塑造成一个更为综合的艺术品，形成一种新型的、多元的音乐文化，才能得到世界人民的认同。

至此，笔者也一直在思考，中国是否也可以创作出一部像巴厘《罗摩衍那》舞剧这样博采众长的作品？为此，笔者有以下四点设想：

首先，体裁方面，可以尝试将歌、舞、乐合为一体，回归中国古代乐舞的表演形式。舞蹈与音乐向来是密不可分。我国歌、舞、乐"三位一体"的乐舞形式古已有之，从原始社会的《葛天氏之乐》到六代乐舞再到西汉时期《乐记》中的论述，均可看出我国古代的"乐"是一种包含了音乐和舞蹈在内的综合性概念；西方亦如此，古希腊的艺术即是将诗、舞、乐合而为一，直至巴洛克时期西方作曲家们还经常创作为舞蹈伴奏的阿勒曼德、库朗特等组曲形式的舞曲。可见，音乐与舞蹈共生并存似乎是人类艺术发展初期的共同规律。中国西汉时期的《毛诗·大序》中写道："言之不足，故嗟叹之。嗟叹之不足，故咏歌之。咏歌之不足，不知手之舞之足之蹈之也。"也就是说，人类在表达情感的时候往往最常用的是语言，语言无力之时音乐便响起，当音乐也不足以表达之时，再手舞足蹈。然而，随着时代的发展、社会分工的明确，舞蹈和音乐逐渐朝着两种系统各自独立发展。久而久之，音乐者限于音乐领域，舞蹈者又只关注舞蹈本身，两个原本应为一体的艺术愈来愈远，研究者的局限也就愈来愈大。

殊不知，直至今日仍有许多国家和地区的民族或部落还将舞蹈和音乐视为不可分割的整体，歌唱时必伴随动作，舞蹈时必有击节，二者依然似对方的灵魂伴侣一般，相互辅佐、相互契合、相辅相成。如同本书的研究对象巴厘《罗摩衍那》舞剧，即为一部舞蹈、音乐、表演相结合的综合戏剧形式，囊括了多种艺术门类，在它们的共同作用下，最大化地塑造着巴厘文化符号。所以，我们中国的舞剧也可以多尝试探索将歌、舞、乐合为一体，回归中国古代乐舞的表演形式，复兴中国传统艺术文化，追寻我们中华民族文化的初心。

其次，题材方面，以既能够代表中华文化精神气质又包含当代全人类都能够产生认同的题材为剧本。印度史诗《罗摩衍那》在世界文学中具有相当高的知名度，其中蕴含的精神价值让世界人民与之产生共鸣。那么，中国未来的舞剧创作，在脚本的选择上需要别出心裁，不仅能体现出中国传统文化的精髓，还要包含着当代全人类都能够产生认同的思想内涵。就像我国著名小提琴协奏曲《梁祝》，虽然它以典型的中国民间爱情故事为题材，但正是因为其中蕴涵着与全世界人类相同的情感，以及对封建势力的反抗性，使这部被称为"东方的《罗密欧与朱丽叶》"的中国题材的音乐作品可以跨越国界、穿越历史，传播全世界。我们未来的舞剧在题材的选定上是否可以用像《花木兰》这种闻名海内外的中国女性英雄形象，甚至近现代蜚声中外的名人名家等，这样既体现中华文化的气质与形象，又符合他国观众的审美与喜好。

再次，创作主体方面，融入多元文化元素与时代元素，使舞剧具有现代化、国际化视野。巴厘《罗摩衍那》舞剧内部所蕴藏的多元文化，这些多元文化又分别让各国家、各民族的观众在其中找到了各自的归属感，达到文化认同的效果。所以，中国未来舞剧的创作，需在保证其本身核心元素——地域特色或精神内核不变的情况下，在舞蹈造型、音乐使用、舞美服装等方面注入"他文化"元素与时代元素，将其活化。这样才能培养不同文化背景的受众对其产生文化认同感，让中国未来的舞剧不仅在中国广袤土地中生根发芽，也能将自己本民族的优秀文化传播出去，走向世界。

最后，政府提高重视是必不可少的，考虑将其与旅游文化产业相挂钩，盘活演艺团体，留住相关人才。中国作为一个人口大国和经济大国，若想赢得世界人民的更多关注，还是要打文化牌，要守护和传承自己民族千百年来所形成的文化遗产，创作出更多、更优秀的中国传统文化艺术作品，这是历史潮流的必然趋势，也是大国崛起的文化品格。

综上所述，"文化认同"已经超越了国界、人种，部分达到了人类的普遍性与整体性的发展，真正地实现"求同存异"的多元发展观，从而构建和谐世界。中华文化不仅仅是汉族文化，也是56个民族的共同文化，从古至今就是融合的、多元的、共同发展的文化。对内如此，对外亦如此。在经济全球化的背景之下，国家之间欲寻求对话，就一定要首先尊重他者文化差异的前提下，以包容开放的心态面对复杂的文化交往局势，文化认同恰恰就是为了实现平等对话权利的一剂良药。我国的"一带一路"和"构建人类命运共同体"政策都是当今中国"文化认同"观念下的新路径。可以说，没有文化的认同，就不会有民族、国家的认同。没有文化的传承，就不会有民族、国家的发展。

结　语

　　在东南亚各国的戏剧中，巴厘的戏剧是受到关注度最高的。"在巴厘的数百万人口当中，戏剧艺术格外繁荣，世界各地都看不到这样的盛况。一年四季，在巴厘岛不间断地可以看到戏剧表演。在收获的时节里，在长达10天的巴厘新年中，各种各样的戏剧和舞蹈异彩纷呈。"[1]作为巴厘戏剧之一的舞剧（Sendratari）是近代以来最受欢迎、最为流行的表演艺术，它将舞蹈、戏剧、音乐融为一体，通过舞者的肢体动作来展现戏剧情节，采用佳美兰乐队为之伴奏。作曲家陪拉沙先生以这座海岛上几百年来一直被演绎的印度史诗《罗摩衍那》为题材，创作了巴厘风格的《罗摩衍那》舞剧。即使观众已经对该舞剧的表演了如指掌，但是巴厘人依旧百看不厌，内心对巴厘印度教的信仰让他们始终饱含着无限的热情。

　　在这部于20世纪60年代创作出的巴厘《罗摩衍那》舞剧中，作曲家也选择了20世纪初制造出的铜锣克比亚（Gong Kebyar）佳美兰乐队担任其伴奏。在长达一个半小时的表演中，音乐不间断地从引子持续到尾声，贯穿着整部舞剧。而在如此之长的伴奏音乐中，核心旋律和铜锣结构模式组成了最基本的单位，它们的连接或更换终究要依附于戏剧，为戏剧所服务。即使音乐只是整个舞剧中的一份子，却也起到了举足轻重的作用，比如帮助塑造角色形象、揭示角色情感、推动剧情发展、烘托戏剧气氛、扩展戏剧的时空维度等。此外，音乐在与舞蹈动作结合之处也设计得极为巧妙，运用适当的铜锣结构模式和特色演奏技巧，引领舞者动作幅度变化，突出舞者特定动作，让角色的动作更具生动性。总之，该舞剧的音乐与舞者的舞蹈动作结合十分紧密，在整个戏剧进程中也起到了别的艺术不可比拟的作用，这也更加说明了巴厘舞剧是音乐、舞蹈、戏剧合为一体，不能割裂的整体艺术。

　　巴厘舞剧不仅从内部看是音乐、舞蹈、戏剧融为一体的，从外部看也是整个戏剧表演与生活、宗教融为一体的。因此，在这部舞剧中也无不透露着巴厘人的哲学观与

---

① 毛小雨：《东南亚戏剧观念》，北京时代华文书局，2018，第244页。

宗教观，然而这些观念并非来源于同一土壤，而是汇集了多种文化观念得以形成。从音乐的角度看，其核心旋律的循环结构体现了巴厘印度教的轮回观；该舞剧音乐使用的培罗格音阶来自南印度，与专门在清晨演唱的哈奴马托迪（Hanumatodi）塔特不谋而合；在乐队乐器的配置方面，以及声部之间的连锁结构方面又体现了巴厘本土哲学观——二元论（Rwa Bhineda）。从舞蹈表演的角度看，其中不仅蕴藏了印度卡塔卡利舞剧风格特征，还体现了印尼爪哇《罗摩衍那》舞剧以及巴厘本土人偶戏的部分元素。舞蹈表演在其中不仅仅承担着表达剧情的作用，还承载着传递巴厘文化与巴厘印度教奥义的作用。从舞台空间的角度看，在剧场方面既有巴厘传统戏剧的空间观念，又注入了西方现代戏剧空间理论，非常符合当代人对传统舞剧文化的审美与喜好。所以，与其说它是一部巴厘近代舞剧，倒不如说它是一部南亚与东南亚、西方与东方、传统与现代相融合的综合表演艺术。

正是由于巴厘《罗摩衍那》舞剧多种文化相融合这一特征，使得这些不同的文化元素分别让各国家、各民族、各地区的观众在其中找到了各自的归属感，因此也就产生了相应的文化认同。在这部舞剧中既能得到了巴厘本土居民的认同，还能得到整个印度尼西亚人民的文化认同，也得到了其他国家、地区人民的文化认同。此外，这部百科全书般的史诗蕴涵着全人类共通的价值观——精神、人性、道德和信仰，这些可以归结为人类一切美好的品质，不仅是印尼百姓学习、效仿的榜样，也是全人类共同的价值观追求，因此该舞剧又得到了全世界人民的认同。我们的中华文化不仅仅是汉族文化，也是56个民族的共同文化，从古至今就是融合的、多元的、共同发展的文化。所以，我国的舞剧作品更应该秉持着"多元"这一理念去创作。不仅从形式上塑造多元的形象，即音乐、舞蹈、戏剧合而为一；在内容上也要注入多元文化元素与时代元素，将其活化。这样才能培养不同文化背景的受众，对其产生文化认同感，让中国的舞剧艺术焕发新的生机。

参考文献

一、中文参考文献

（一）辞典

1. 顾明远主编《教育大辞典》[M]，上海：上海教育出版社，1990。

2.〔英〕柯林斯公司编《柯林斯高阶英汉双解词典》[M]，北京：商务印书馆，2008。

3. 夏征农主编《辞海（艺术分册）》[M]，上海：上海音乐出版社，1988。

4. 徐寒主编《世界艺术百科全书第三卷（音乐舞蹈卷）》[M]，长春：吉林文史出版社、吉林音像出版社，2006。

5. 中国大百科全书出版社不列颠百科全书编辑部编译《不列颠百科全书（国际中文版）》（*Encyclopedia Britannica International Chinese Edition*）[M]，中国大百科全书出版社，1999。

6. 周笃文主编《中外文化辞典》[M]，海口：南海出版公司，1991。

7. 邹博主编《百科知识全书（外国卷）·艺术百科》[M]，北京：线装书局，2011。

（二）书籍

A. 音乐学类

1.〔美〕安东尼·西格尔（Anthony Seeger）：《苏亚人为什么歌唱：亚马孙河流域印第安人音乐的人类学研究》[M]，赵雪萍、陈铭道译，上海：上海音乐学院出版社，2012。

2. 安平：《世界民族音乐》[M]，北京：高等教育出版社，2011。

3. 陈自明：《世界音乐地图》[M]，北京：人民音乐出版社，2007。

4. 杜亚雄、陈景娥编著《外国民族音乐》[M]，杭州：西泠印社出版社，2009。

5. 胡斌：《文化认同与现代表征 百年上海古琴文化变迁》[M]，音乐上海学丛书，上海：上海音乐学院出版社，2017。

6.〔美〕利萨·戈尔德（Lisa Gold）：《巴厘岛音乐》[M]，于晓晶、郑隽逸译，管建华审校，南京：江苏凤凰教育出版社，2016。

7. 李未醉:《中外文化交流与华侨华人研究》[M]，成都：电子科技大学出版社，2014。

8. 上海音乐学院音乐研究所、安徽省文学艺术研究所编《音乐与民族》[G]，上海：上海音乐学院音乐研究所，1984。

9.〔英〕施祥生（Jonathan Stock）:《世界音乐教程：音响与乐谱课例》[M]，南京：南京师范大出版社，2013。

10. 孙继南、周柱铨:《中国音乐通史简编》[M]，山东：山东教育出版社，1993。

11.〔美〕唐纳德·杰·格劳特（Donald Jay Grout）等:《西方音乐史》（第六版）[M]，余志刚译，北京：人民音乐出版社，2010。

12. 王耀华、王州:《世界民族音乐》[M]，北京：人民教育出版社，2004。

13. 俞人豪、陈自明:《东方音乐文化》[M]，北京：人民音乐出版社，1995。

14. 张伯瑜编译《西方民族音乐学的理论与方法》[M]，北京：中央音乐学院出版社，2007。

15. 朱海鹰:《东南亚民族音乐》[M]，云南：云南大学出版社，2012。

B. 舞蹈学类

1.〔德〕库尔特·萨科斯（Curt Sachs）:《世界舞蹈史》[M]，郭达明译，上海：上海音乐出版社，2014。

2. 蒋士枚、于海燕:《东方歌舞话芳菲》[M]，北京：知识出版社，1984。

3. 李穆文编著《世界舞蹈史》[M]，西安：西北大学出版社，2006。

4. 刘晓真编著《中国世界舞蹈文化》[M]，北京：时事出版社，2009。

5. 明文军编著《东方舞蹈文化比较研究文集》[G]，上海：上海音乐出版社，2004。

6. 王克芬等主编《中国舞蹈大辞典》[M]，北京：文化艺术出版社，2010。

7. 于平、冯双白、刘青戈、江东:《传统舞蹈与现代舞蹈》[M]，北京：北京舞蹈学院内部教材，1992。

C. 其他类

1.〔英〕爱德华·泰勒（Edward Teller）:《原始文化》[M]，连树声译，桂林：广西师范大学出版社，2005。

2.〔美〕艾瑞克·克莱默（Eric Mark Kramer）:《全球化语境下的跨文化传播》[M]，刘杨译，北京：清华大学出版社，2015。

3.〔法〕安托南·阿尔托（Antonin Artaud）:《残酷戏剧·戏剧及其重影》[M]，桂裕芳译，北京：中国戏剧出版社，1993。

4.〔法〕安托南·阿尔托:《剧场及其复象》[M]，刘俐译，杭州：浙江大学出版社，2010。

5. 包志毅编《国旗·国徽·国花》[M]，杭州：浙江少年儿童出版社，2000。

6. 〔英〕彼得·沃森（Peter Watson）：《思想史：从火到佛洛伊德》[M]，胡翠娥译，南京：译林出版社，2018。

7. 车文博：《佛洛伊德主义原理选辑》[M]，沈阳：辽宁音乐出版社，1988。

8. 郭平：《巴厘巴厘·一个中国人的30次巴厘岛之行》[M]，上海：生活·读书·新知三联书店，2011。

9. 黄文主编，王慧编著《印度神话》[M]，北京：中国林业出版社，2007。

10. 〔美〕克利福德·格尔茨（Clifford Geertz）：《尼加拉·十九世纪巴厘剧场国家》[M]，赵炳祥译，上海：上海人民出版社，1999。

11. 〔美〕克利福德·格尔茨：《文化的解释》[M]，韩莉译，南京：译林出版社，2008。

12. 梁立基：《东方文化集成——印度尼西亚文学史》[M]，北京：昆仑出版社，2003。

13. 梁敏和、王受业、刘新生编著《列国志·印度尼西亚》[M]，北京：社会科学文献出版社，2010。

14. 梁敏和：《印度尼西亚文化概论》[M]，广州：世界图书出版广东有限公司，2014。

15. 毛小雨：《东南亚戏剧观念》[M]，北京：北京时代华文书局，2018。

16.《美术大观》编辑部编《中国美术教育学术论丛 美术与设计理论卷》[G]，沈阳：辽宁美术出版社，2016。

17. 〔英〕V.S.奈保尔（Vidiadhar Surajprasad Naipaul）：《信徒的国度》[M]，秦于理译，海口：南海出版公司，2014。

18. 邱紫华、王文革：《东方美学范畴论》[M]，北京：中国社会出版社，2010。

19. 〔法〕G.赛代斯（George Cœdès）：《东南亚的印度化国家》[M]，蔡华、杨保筠译，北京：商务印书馆，2008。

20. 〔印〕R.泰戈尔（Rabindranath Tagore）：《泰戈尔笔下的文学》[M]，白开元编译，北京：中央编译出版社，2016。

21. 唐慧、陈扬、张燕、王辉编著《印度尼西亚概论》，广州：世界图书出版广东有限公司，2012。

22. 王树英：《南亚印度教与文化》[M]，北京：中央民族大学出版社，1999。

23. 魏大中等编著《伸出式舞台剧场设计》[M]，北京：中国建筑工业出版社，1992。

24. 〔美〕维克多·特纳（Victor Turner）编《庆典》[G]，方永德等译，上海：上海文艺出版社，1993。

25. 温祖荫：《亚洲文学史话》[M]，福州：海峡文艺出版社，2014。

26.〔俄〕谢·亚·托卡列夫（С.А.Токарев）等编著《世界各民族神话大全》[M]，魏庆征编译，北京：国际文化出版公司，1993。

27.〔汉〕许慎撰，〔宋〕徐铉杨校订：《说文解字》[M]，北京：中华书局，1963。

28.〔印〕蚁垤（Valmiki）：《罗摩衍那》[M]，季羡林译，长春：吉林出版集团股份有限公司，2016。

29. 张玉安、姜永仁主编《印度尼西亚民间故事》[M]，合肥：安徽文艺出版社，2018。

30. 张玉安、裴晓睿：《印度的罗摩故事与东南亚文学》[M]，北京：昆仑出版社，2005。

（三）文章

A.音乐学类

1. 安平：《印度节奏圈——塔拉》//《2005北京第二届世界民族音乐学会学术研讨会资料汇编》[G]，2005。

2. 曹晓芳：《东南亚音乐文化：器乐重奏中的乐器和乐器功能》[J]，《黄钟》（武汉音乐学院学报）2001年第1期，第103—106页。

3. 董宸：《阐释人类学方法在民族音乐学中的运用》[J]，《民族艺术研究》2017年第30卷第4期，第63—71页。

4. 郭天池：《巴厘音乐教育人类学考察》[J]，《中国音乐（季刊）》2013年第4期，第35—37页。

5. 黄莉：《在音乐中我听懂了什么》[J]，《文艺生活·文艺理论》2016年第4期，第103页。

6. 靖灿：《巴厘岛甘美兰初体验》[J]，《人民音乐》2008年第3期，第54—56页。

7. 李丽敏：《音乐习俗的模式同构——从印尼巴厘岛甘美兰音乐田野调查三个实例引发的思考》[J]，《音乐艺术》（上海音乐学院学报）2015年第2期，第146—154页。

8. 李芸：《浅谈印度尼西亚加美兰音乐地方样式的形成与发展》[J]，《音乐天地》2011年第11期，第62—64页。

9. 饶文心：《甘美兰的构成要素与表演原则》[J]，《音乐研究》2002年第2期，第43—51页。

10. 饶文心：《甘美兰音阶的物质基础及其变异因素》[J]，《黄钟》（武汉音乐学院学报）2004年第1期，第36—42页。

11. 魏琳琳：《"音乐与认同——民族音乐学与人类学的跨学科对话"学术研讨会述评》[J]，《民族艺术》2017年第7卷第5期，第165—168页。

12. 温洁：《浅析打击乐在不同地区甘美兰音乐的特点》[J]，《黄河之声》2013年第19期，第20—21页。

13. 徐菲阳：《根德尔哇扬在巴厘皮影戏中的音乐形态及社会功能》[D]，中央音乐学院硕士学位论文，2011。

14. 薛克翘：《从两大史诗看印度古代音乐》[J]，《南亚研究》1985年第2期，第58—65+4页。

15. 杨民康：《"音乐与认同"语境下的中国少数民族音乐研究——"音乐与认同"研讨专题主持人语》[J]，《中央音乐学院学报》2017年第2期，第3—11页。

16. 杨艳丽：《关于印度尼西亚巽他人佳美兰音乐德官的研究——以笔者在万隆艺术学院学习的个案为例》[D]，中央音乐学院硕士毕业论文，2010。

17. 于润洋：《歌剧〈特里斯坦与伊索尔德〉前奏曲与终曲的音乐学分析（上）》[J]，《音乐研究》1993年第1期，第41—55页。

18. 于润洋：《歌剧〈特里斯坦与伊索尔德〉前奏曲与终曲的音乐学分析（下）》[J]，《音乐研究》1993年第2期，第88—102页。

19. 赵佳梓：《爪哇和巴厘岛的佳美兰音乐》[J]，《艺术探索》1990年第1期，第71—76页。

B.舞蹈学类

1. 付明岩：《论舞蹈中"三道弯"的应用》[J]，《戏剧之家（上半月）》2013年第4期，第47页。

2. 刘咏莲：《音乐人类学研究中的舞蹈人类学视角——约翰·布莱金对舞蹈人类学的研究与贡献》[J]，《中国音乐》2012年第2期，第184—188页。

3. 罗辛：《我之舞剧观及舞剧定义》[J]，《舞蹈》2000年第6期，第30—31页。

4. 孟昭毅、门薇薇：《卡塔卡利舞的古典美》[J]，《世界文化》2014年第12期，第42—43页。

5.〔苏〕万斯洛夫、苏里茨：《舞剧》//《舞剧论文集》[G]，戈兆鸿译，中国舞蹈家协会出版，1984。

6.〔苏〕万斯洛夫、瓦尔科维茨基：《舞蹈知识十二则》//《舞剧论文集》[G]，戈兆鸿译，中国舞蹈家协会出版，1984。

7. 王超：《田野中的舞蹈——对舞蹈民族志的思考》[J]，《云南民族大学学报（哲学社会科学版）》2019年第36卷第4期，第55—62页。

8. 王建民：《舞蹈人类学的概念辨析与讨论》[J]，《民族艺术研究》，2015年第28卷第5期，第5—11页。

9. 王克：《浅谈斯坦尼斯拉夫斯基戏剧表演理论体系中"行动"在舞剧表演中的运用》[J]，《北京舞蹈学院学报》2017年第6期，第89—92页。

C.其他类

1.〔英〕伯特兰·罗素（Bertrand Arthur William Russell）：《中西文明比较（节选）》[J]，胡品清译，《民族与科学》2003年第4期，第38—39页。

2. 曹路生：《庆典·戏剧·仪式——印度罗摩剧、西藏藏戏、泉州木偶"目连戏"比较》[J]，《戏剧艺术》1998年第3期，第4—8页。

3. 陈扬：《浅析印尼巴厘岛印度教的传承与发展》[J]，《东南亚纵横》2005年第6期，第40—44页。

4. 陈扬：《印尼人姓名中的文化差异与融合》[J]，《东南亚研究》2011年第5期，第92—96页。

5. 段立生：《印尼巴厘岛的印度教文化》[J]，《世界宗教文化》2006年第2期，第56—58页。

6. 方立天：《佛教与中国文化》[J]，《普门学报》2001年第3期。

7. 高登智：《〈罗摩衍那〉在东南亚的流传》[J]，《东南亚》1990年第2期，第36—42页。

8. 郭斯嘉：《整体语言、整体空间与整体表演——论安托南·阿尔托的残酷戏剧观》[D]，复旦大学博士学位论文，2010。

9. 何平：《中国和西方思想中的"文化"概念》[J]，《史学理论研究》1999年第2期，第68—79+159页。

10. 何平立：《认同政治与政治认同——"第三条道路"与西方社会政治文化变迁》[J]，《江淮论坛》2008年第4期，第50—56页。

11. 黄跃民：《宗教背景中的巴厘历史和文化》[J]，《文明》2003年第2期，第42—43页。

12. 孔远志：《印度教在印度尼西亚》[J]，《东南亚研究》1991年第1期，第59—62页。

13. 乐黛云：《全球化趋势下的文化多元化》[J]，《深圳大学学报（人文社会科学版）》2000年第1期，第69—74页。

14.〔英〕里奥·胡（Rio Hu）：《用比较法看巴厘岛和印度半岛的等级制度》[J]，李平凡译，《贵州民族研究（季刊）》2000年第2期，第157—167页。

15. 李春梅、张晓萍：《宗教、艺术与旅游——以印度尼西亚巴厘岛印度教为例》[J]，《世界宗教文化》2018年第3期，第71—75页。

16. 李小刚:《探究西方戏剧叙事理论的发展脉络——评〈西方现代戏剧叙事转型研究〉》[J],《云南财经大学学报》2018年第34卷第2期,第2页。

17. 梁燕丽:《全球化语境下的跨文化戏剧》[J],《戏剧(中央戏剧学院学报)》2008年第3期,第88—101页。

18. 孟昭毅:《〈罗摩衍那〉人文精神的现代阐释》[J],《外国文学研究》1999年第3期,第26—30页。

19.〔美〕米古尔·科瓦鲁比亚斯:《巴厘戏剧》[J],韩纪扬译,《戏剧艺术》2001年第2期,第63—80页。

20. 阮立:《印度女神形象的研究》[J],《艺术百家》2014年第30卷第6期,第263—264页。

21. 汤茂林:《文化景观的内涵及其研究进展》[J],《地理科学进展》2000年第1期,第70—79页。

22. 陶笑虹:《从"萨克提"观念看印度教的女性观》[J],《湖北社会科学》2007年第1期,第126—128页。

23. 汪悦婷:《巴厘戏剧的宗教内涵——以皮影戏、瓦扬翁为例》[J],《戏剧艺术》(上海戏剧学院学报)2017年第2期,第51—58页。

24. 王云才、石忆邵、陈田:《传统地域文化景观研究进展与展望》[J],《同济大学学报(社会科学版)》2009年第20卷第1期,第18—24+51页。

25.〔美〕威廉·布鲁姆(William Bloom):《认同理论:其结构、动力及应用》[J],王兵译,《社会心理研究》2006年第2期。

26. 吴杰伟:《东南亚印度教神庙的分类及特点》[J],《南洋问题研究》2013年第4期,第78—85页。

27. 杨小强:《巴厘印度教绘画艺术一瞥》[J],《世界宗教文化》1997年第2期,第55—56页。

28. 杨晓强:《试论印度教在印尼巴厘岛的本土化》[J],《东南亚研究》2011年第6期,第29—34页。

29. 姚冰:《巴厘戏剧与西方现代派戏剧》[D],厦门大学硕士学位论文,2002。

30. 张燕:《论印尼哇扬戏剧的多元融合》[D],中国人民解放军外国语学院硕士学位论文,2007。

31. 张燕:《同化主义与多元文化主义:印度尼西亚文化政策的演变》[J],《南亚东南亚研究》2020年第3期,第124—138+157页。

32. 张玉安:《〈罗摩衍那〉的永恒道德价值——以印尼马来文本为分析案例》

［J］,《南亚研究》2003年第2期，第85—90页。

33. 张玉安：《罗摩戏剧与东南亚民族表演艺术》［J］,《东南亚研究》2004年第5期，第85—88页。

34. 朱刚琴：《潘查希拉的提出及其文化根源》［J］,《东南亚研究》2008年第2期，第85—90页。

35. 佐斌、温芳芳：《当代中国人的文化认同》［J］,《中国科学院院刊》2017年第32卷第2期，第175—187页。

二、英文参考文献

（一）辞典

A. Oxford Music Online: https://www.oxfordmusiconline.com/

B. Wikipedia: http://wikipedia.org/

C. Other

1. Norbert Shadeg. *Balinese-English Dictionary*［M］, Tuttle Publishing, 2014.

（二）书籍

1. David Harnish. *The Garland Encyclopedia of World Music-Southeast Asia-Bali*［M］, Routledge Publish, 1998.

2. Felicia Hughes-Freeland. *Embodied communities: Dance Traditional and Change in Java*［M］, Berghahn Books, 2008.

3. Gusti Ayu Made Suartika, Julie Nichols. *Reframing the Vernacular: Politics, Semiotics, and Representation*［M］, Springer Cham, 2019.

4. Helen Creese. *From Lanka Eastwards:The Ramayana in the Literature and Visual Arts of Indonesia*［M］, Brill, 2011.

5. Henry Spiller. *Gamelan: The Traditional Sounds of Indonesia(World Music Series)*［M］, Abc-Clio Inc., 2004.

6. I Wayan Dibia, Rucina Ballinger. *Balinese dance, Drama, Music*［M］, Tuttle Publishing, 2004.

7. Jaap Kunst. *Music In Java*［M］, The Hague, 1949.

8. Jennifer Lindsay, Maya H.T. Liem. *Heirs to World Culture: Being Indonesian, 1950-1965*［M］, Brill, 2012.

9. Michael Tenzer. *Gamelan Gong Kebyar: The Art of Twentieth-Century Balinese Music (Chicago Studies in Ethnomusicology)*［M］, University of Chicago Press, 2000.

10. Richard Widdess. *Sléndro and Pélog in India, Performance in Java and Bali*［G］, School of Oriental and African Studies, University of London, 1993.

11. Zachar Laskewicz. *Music as Episteme, Text, Sign & Toll*［M］, Zachar Alexander Laskewicz, 2003.

（三）文章

1. Andrew C. McGraw. "The Development of the 'Gamelan Semara Dana' and the Expansion of the Modal System in Bali, Indonesia"［J］, *Asian Music*, Vol. 31, No. 1 (1999-2000), pp.63-93.

2. Annette Sanger. "Music and Musicians, Dance and Dancers: Socio-Musical Interrelationships in Balinese Performance"［J］, *Yearbook for Traditional Music*, Vol. 21 (1989), pp.57-69.

3. David Harnish. "Teletubbies in Paradise: Tourism, Indonesianisation and Modernisation in Balinese Music"［J］, *Yearbook for Traditional Music*, Vol. 37 (2005), pp.103-123.

4. I Gede Arya Sugiartha. "Relation of Dance and Music to Balinese Hinduism"［J］, *Journal of Archaeology and Fine Arts in Southeast Asia*, Vol. 2 (2018), pp.1-17.

5. I Made Bandem. "The Baris Dance"［J］, *Ethnomusicology*, University of Illinois Press on behalf of Society for Ethnomusicology, Vol. 19, No. 2 (1975), pp.259-265.

6. Judith Becker. "Western Influence in Gamelan Music"［J］, *Asian Music*, Vol. 3, No. 1 (1972), pp.3-9.

7. Kendra Stepputat. "Performing kecak: A Balinese Dance Traditon Between Daily Routine and Creative Art"［J］, *Yearbook for Traditional Music*, Vol. 44 (2012), pp.49-70.

8. I Nyoman Sedana, "Collaborative Music in the Performance of the Balinese Shadow Theater"［J］, *Asian Music*, Vol. 36, No. 1 (2005), pp.44-59.

9. Artur Simon, "Southeast Asia: Musical Syncretism and Cultural Identity"［J］, *Fontes Artis Musicae*, Vol. 57, No. 1 (2010), pp.23-34.

10. Soedarsono, "Classical Javanese Dance: History and Characterization"［J］, *Ethnomusicology*, Vol. 13, No. 3 (1969), pp.498-506.

11. Wayne Vitale, "Balinese Kebyar Music Breaks the Five-Tone Barrier: New Composition for Seven-Tone Gamelan"［J］, *Perspectives of New Music*, Vol. 40, No. 1 (2002), pp.5-69.